Au secours !
Mon frère est un ado

Du même auteur, dans la même collection :

Une île pour Vanille
Quatre sœurs en vacances
Quatre sœurs à New York
Quatre sœurs dans la tempête
Quatre sœurs en scène

Sophie Rigal-Goulard
Illustrations d'Hélène Canac

Au secours!
Mon frère est un ado

RAGEOT

À mes deux post-ados…
XXXXXX

Cet ouvrage a été imprimé sur un papier
issu de forêts gérées durablement,
de sources contrôlées.

PEFC/10-31-1316

Couverture : Hélène Canac.

ISBN : 978-2-7002-3955-3
ISSN : 1951-5758

Famille puzzle

– Alors tête d'œuf, tu écris tes mémoires ?

Assis à mon bureau, j'essaie de comprendre mon exercice de maths. Je pose mon stylo mais je ne me retourne pas. Je sais que Grégoire vient d'arriver. C'est sa façon à lui de s'annoncer…

– T'as perdu ta langue ou t'as fait vœu de silence ?

Je ne réponds rien. Je préfère quitter ma chambre pour aller dribbler dans la cour devant chez moi. De toute façon, quand mon demi-frère est là, je m'arrange toujours pour passer le moins de temps possible avec lui dans la même pièce. Je me réfugie parfois chez Félix, mon meilleur copain. Il est fils unique et je l'envie. Sa maison est bien calme, loin des ados qui envahissent la mienne régulièrement.

– William ! Je peux venir jouer avec toi ?

Ambre, ma voisine, réalise que je suis dehors. Elle est toujours là quand je sors de chez moi : cette fille me suit comme mon ombre. Comme si ce n'était pas suffisant qu'elle soit ma voisine en classe !

– Euh… j'ai envie d'être un peu seul, lui dis-je en continuant mes dribbles.

– Ton frère est là, hein ? Je l'ai vu passer devant chez moi. J'étais sûr que ça allait te mettre de mauvaise humeur. C'est comme moi avec Chloé. Tu sais ce qu'elle m'a fait ce matin ? Elle m'a éjectée de sa chambre parce que…

Je n'écoute plus. Ambre va encore critiquer sa sœur aînée. Chloé a seize ans, comme mon demi-frère, et elle est aussi insupportable que lui. Par contre, elle vit en permanence avec Ambre. Grégoire ne vient à la maison qu'un week-end sur deux et une semaine sur deux pendant les vacances. Et c'est tant mieux ! C'est l'avantage de la famille puzzle.

Ça fait rire Félix quand j'utilise ce mot. Je ne vois pas comment appeler une famille où tous les morceaux sont dispersés. Chez moi, il n'y a que des « demis ».

Mes parents ont eu une autre vie avant de se rencontrer. Avec son premier mari, maman a eu une fille, Éléonore. Elle a bientôt quatorze ans et vit chez nous une semaine sur deux. Papa, lui, a eu deux enfants, Grégoire qui a seize ans et Maureen, vingt-deux ans, qui partage un studio avec son copain.

À la maison, nous sommes rarement le même nombre. Nous passons régulièrement de trois à cinq, parfois sept certains week-ends ! Ça change complètement le paysage.

– Bon, tu en penses quoi de mon idée ?

– J'en suis à deux cent dix-sept dribbles, j'explique à Ambre qui a continué à parler sans que je l'écoute. C'est mon record.

– Dis tout de suite que ce que je raconte ne t'intéresse pas, ça ira plus vite !

Et Ambre me tourne le dos pour retourner chez elle.

Entre une voisine collante et susceptible et un demi-frère insupportable et tyrannique, je me demande si je ne ferais pas mieux de passer une annonce pour changer de famille.

Quand je rentre dans la maison, Grégoire s'est installé à son poste favori. Il avale des images et des chips devant la télé. Les pieds sur la table, il est tellement affalé dans le canapé que ses fesses pendent dans le vide.

– Grmpfff... Et tu grmpfff... J'ai viré le grmpffff... J'ai besoin de grmmmpff... lâche-t-il alors que je traverse le salon.

– Super ! Et sans les chips, ça donne quoi ?

Mon demi hausse les épaules avant de grommeler :

– Si t'es sourd, fais-toi appareiller !

– Ouais et toi, apprends à articuler !

J'arrive à éviter un coussin qui vole dans ma direction. L'attaque ne va pas plus loin, Grégoire est trop épuisé pour ramasser son unique munition. Il plonge à nouveau la main dans son paquet de chips et m'oublie.

Quand je pense qu'avant je rêvais de ressembler à mon demi ! Je me souviens d'avoir passé de longs moments dans la salle de bains à essayer de me coiffer comme lui.

J'adorais quand il m'expliquait comment porter son jean pour avoir l'air cool. On jouait souvent avec ma console et il m'apprenait des trucs pour finir les jeux avant tous les autres.

Aujourd'hui, Grégoire aboie plus qu'il ne parle, il porte son pantalon sous les fesses et il ne se lave plus les cheveux qu'une fois de temps en temps.

Il est moche, il prend trop de place et il n'est plus mon modèle.

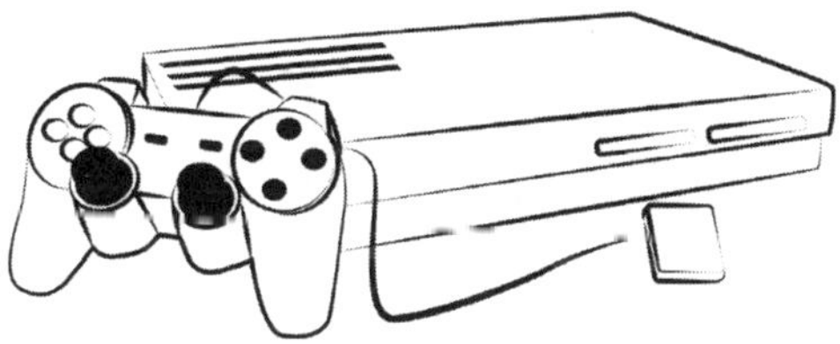

Quand j'entre dans ma chambre, c'est une horreur ! Grégoire a posé une valise énorme sur son lit. En plus, il s'est permis de pousser mes habits dans mon placard et il a détruit une partie du vaisseau en Lego que j'avais posé sur l'étagère du haut.

Je ressors en hurlant :

– Greg ! Tu as cassé l'aile de mon super astronef intergalactique ! On a mis plus de huit heures à l'assembler avec papa !

Comme aucune réponse ne me parvient, je me dirige vers le salon et je crie :

– Tu as entendu ?

– Je ne suis pas sourd, moi ! murmure mon demi sans quitter la télé des yeux. Pas besoin de hurler.

– Tu ne peux pas faire attention ! D'abord, pourquoi tu as poussé mes affaires dans mon placard et changé mon vaisseau de place ?

– « Mes »… « Mon »… Change un peu ton vocabulaire, tête d'œuf ! Le placard de la chambre est notre propriété commune. Et l'étagère aussi ! Compris ?

– Ça te donne le droit de détruire mon vaisseau ? dis-je en tapant du pied.

– Gnagnagna… Tu n'auras qu'à demander au big chef de t'aider à réparer ton « navion intergalactique ». Et arrête de me prendre la tête, tu me gonfles ! Moi, à dix ans, j'avais arrêté de faire « mumuse » avec mes Lego depuis bien longtemps !

J'ai envie de hurler. Je regagne ma chambre en prenant soin de claquer très fort la porte. Évidemment que je vais me plaindre au « big chef » ! C'est ainsi que Greg appelle notre père depuis quelque temps. Il dit que « papa », ça fait ringard.

Je commence à réparer l'aile de l'astronef lorsque j'entends la porte d'entrée s'ouvrir. Mes parents rentrent ensemble ce soir, ce qui ne leur arrive jamais d'habitude.

– Will ? Greg t'a prévenu ?

Mon père vient d'ouvrir précipitamment la porte de ma chambre, il me fait sursauter. Il n'a même pas enlevé son blouson et il est aussi essoufflé qu'après son jogging. Plutôt étonné, je lui réponds que Grégoire et moi avons surtout parlé de rangement…

– Ouf, répond mon père en s'asseyant sur mon lit. Je vais pouvoir t'expliquer la situation alors.

Maman arrive dans ma chambre elle aussi, et elle a un air très sérieux qui m'inquiète vraiment.

Et si mes parents m'annonçaient leur séparation ? Ils se sont déjà mariés une fois avant moi, ils seraient capables de se marier une troisième fois après moi

Je chuchote :

– Vous… vous voulez divorcer ?

– Mais non, mon grand, me répond maman en me serrant contre elle. On veut te parler de Grégoire.

Pendant quelques secondes, je respire mieux.

– Alors voilà… continue papa.

Mes parents mettent environ cinq minutes avant de m'annoncer l'horrible tragédie qui s'abat sur ma vie.

Mon demi-frère s'installe à la maison pour de bon. Il rentrera juste un week-end sur deux chez sa mère qui souhaite changer son mode de garde pour une année.

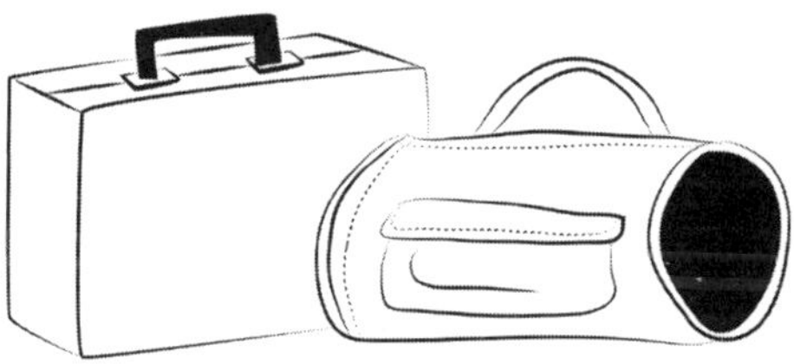

Une sonnerie retentit dans mon cerveau et je n'arrive plus à l'éteindre. C'est au moins une alerte rouge.

Faites évacuer les lieux…

La pieuvre s'installe

C'est ma quatrième tartine de Nutella. Depuis une semaine, je savoure encore plus mes goûters chez Félix. À la maison, j'aurais déjà eu droit à une réflexion du genre : « Si tu finis le pot t'es mort, bébé cot cot ! » Grégoire m'a surnommé ainsi depuis qu'il a entendu maman m'appeler « mon poussin ».

– Pourquoi tu ne l'appelles pas slip à l'air ou le gros mollusque ? me demande Félix.

– Greg aurait vite fait de me trouver un surnom encore plus horrible. Il m'appelle déjà le nain de jardin, et tête d'œuf en plus de bébé cot cot !

Mon copain hausse les épaules.

J'insiste :

– Tu ne comprends pas que c'est la vraie cata ? Depuis vendredi dernier, plus rien n'est comme avant. Mes parents avaient tellement peur de m'annoncer la nouvelle qu'ils ont attendu le dernier moment. Tu imagines ? En plus, je voulais que Grégoire s'installe dans la chambre d'Éléonore lorsqu'elle n'est pas là, mais papa n'a pas voulu. Il a dit que ce serait bien trop compliqué à gérer. Donc, j'ai mon demi tout le temps avec moi !

Félix me repasse le pot de Nutella pour ma cinquième tartine. Je commence à être un peu écœuré, mais j'ai besoin de chocolat pour oublier…

Quand je pense à l'état actuel de ma chambre, ça me déprime. Grégoire s'étale de plus en plus. Non seulement il occupe la moitié de mon placard, mais en plus il est allé mettre en douce quelques affaires dans celui d'Éléonore.

– J'ai besoin d'espace moi aussi ! a-t-il affirmé. Je ne vois pas pourquoi miss gnangnan a une chambre pour elle toute seule.

– Mais Élé déteste qu'on touche à ses affaires, ai-je protesté en le voyant pousser les boîtes de rangement de ma demi-sœur.

– Oh… Élé déteste… Pauvre Élé et méchant Greg ! Ta maman va me gronder parce que je touche aux affaires de sa fifille chérie ?

Il a continué tranquillement à ranger ses vieux cartons moisis dans le placard d'Éléonore. Il ne s'est même pas rendu compte qu'il avait renversé un coffret à bijoux. Je préfère ne pas imaginer l'ambiance de la semaine prochaine, quand ma demi-sœur reviendra… Je suis certain que ça va barder !

– Il faudrait presque que je m'installe à l'école pour être tranquille, dis-je à Félix. Comme ça je n'assisterai pas au massacre qui aura forcément lieu lundi prochain.

– Tu exagères, non ? Éléonore ne va pas poursuivre Grégoire avec une hache !

– Non… Mais elle ne se laissera pas marcher sur les pieds, je la connais. Et Greg fera tout pour l'énerver, je le connais aussi. Il a un don pour mettre en colère les gens les plus calmes.

Félix essaie de me rassurer :

– Tu en as peut-être juste pour quelques mois. Grégoire voudra sûrement vivre à nouveau avec sa mère.

– Mais c'est ce qu'il préférerait ! Il me l'a dit. Seulement, il n'a pas le choix. Du coup, il en veut à tout le monde ! Papa m'a expliqué que Delphine, son ex-femme, en a assez des conflits permanents avec Greg. C'est pour ça qu'elle souhaite changer son mode de garde. Elle pense que si elle voit moins son fils, ils s'entendront mieux.

– Quand même… insiste Félix. Il y a bien des moments où ton frère est sympa avec toi, non ?

J'essaie de trouver un exemple positif à raconter, mais rien ne me vient à l'esprit. Quand je pense à Greg, l'image d'une grosse pieuvre apparaît dans ma tête. Mon demi est sans énergie à longueur de temps, par contre, quand il s'agit de redécorer ma chambre, c'est comme s'il avait une multitude de bras. Il dépose son empreinte un peu partout. Récemment, j'ai trouvé ses chaussettes puantes sur mon bureau !

– Euh… L'autre matin, il a bien voulu me prêter un manga de sa collection, dis-je au bout d'un moment.

– Ah, tu vois, c'est un début, lance Félix triomphalement. Tu vas finir par…

– Mais cinq minutes après, il a changé d'avis. Il a décrété que j'étais trop jeune et qu'il valait mieux que je lise des *Petit Ourson*. J'étais en colère alors j'ai jeté son manga par terre. Il a ricané bêtement pendant au moins dix minutes. Tu vois le niveau ! C'est pas la joie. Greg est imprévisible et je ne sais jamais comment il va réagir. Alors je ne lui demande rien, à part de ramasser les slips sales qu'il laisse traîner à côté de mon lit.

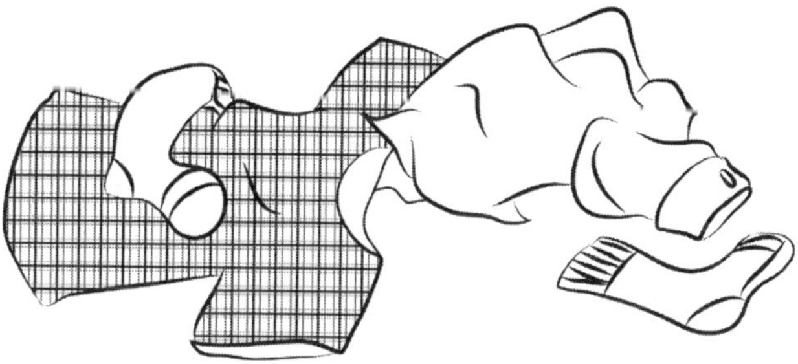

– Et si tu trouvais un moyen de le rendre plus agréable ? me suggère soudain Félix qui attaque le pot de Nutella à la petite cuillère.

– Tu ne vas pas t'y mettre toi aussi. Ambre passe son temps à me dire qu'elle a des idées pour me « sauver la vie » !

– Normal, elle est amoureuse de toi, ricane mon copain en me montrant ses dents pleines de chocolat.

Comme je sursaute en m'écriant que c'est impossible, Félix prend un air sérieux et chuchote :

– J'ai eu l'info grâce à sa meilleure copine. Ambre lui a avoué qu'elle était amoureuse grave de toi.

Je suis encore plus déprimé. J'ai déjà assez de problèmes à gérer à la maison pour avoir du temps à consacrer à une amoureuse. Et surtout une Ambre amoureuse !

– Je ne suis pas libre de toute façon, je déclare en me levant. Mon cœur est pris !

Évidemment Félix veut en savoir plus et je suis obligé de me rasseoir et de lui raconter mon histoire de l'été passé, à l'époque où Grégoire était encore mon demi préféré...

– Tu te souviens que je suis parti à Lacanau en juillet ? Eh bien là-bas, j'ai rencontré une fille qui avait un an de plus que moi...

– Et alors ? dit Félix très intéressé.

– On se croisait tous les jours à la plage et elle me souriait. Un matin, Greg a fait exprès d'envoyer le ballon sur sa serviette pour qu'elle vienne me parler. Elle s'est approchée, et ensuite... On ne s'est plus quittés ! Elle s'appelle Clémence.

Pendant quelques secondes, je ne suis plus chez Félix. Je suis au bord de l'océan et j'entends la voix de Clém. Grégoire revient vers nous avec sa planche de surf et il me fait un super clin d'œil en douce.

Un peu après, il m'avoue qu'il trouve ma nouvelle copine « canon » et qu'il regrette de ne pas avoir mon âge.

Le soir même, il me prête son gel parce qu'il y a une fête foraine où j'ai des chances de la revoir. Il me montre comment me coiffer et il baisse un peu mon pantalon pour que j'aie l'air « plus cool ». Il est le premier à plaisanter sur mon « futur mariage » dans la voiture et il fait rire aux éclats papa et maman.

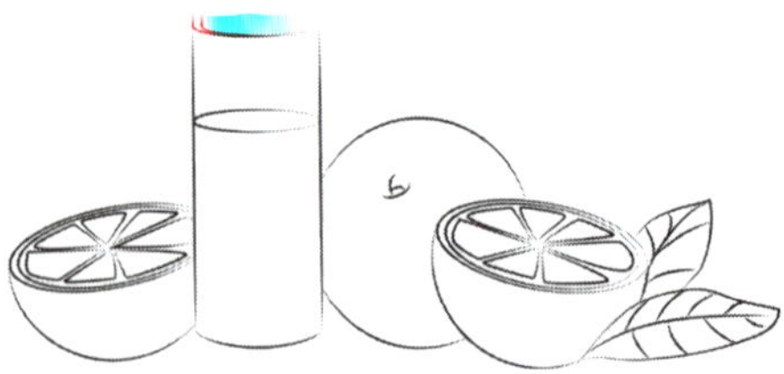

Je soupire. Les images de l'été s'effacent peu à peu. J'ai l'impression que tout ce que j'ai vécu est vieux de dix mille ans !

Pourtant, c'était il y a quelques mois à peine. Grégoire était alors mon modèle, et j'étais toujours très fier d'être à ses côtés.

– Bon, et Clémence, tu la vois toujours ? insiste Félix, impatient.

– Non ! Elle est un peu comme le Greg d'avant, elle a disparu. Mais je l'aime encore.

– Tu n'as plus qu'à expliquer ça à Ambre, conclut mon copain en fermant le pot de Nutella.

Je fais une grimace. Les souvenirs m'ont rendu un peu triste.

Clémence et Grégoire me manquent mais je viens juste de m'en rendre compte.

La guerre des demis

Je suis en train de battre des records de dribbles. Il faut dire que je passe beaucoup de temps à m'entraîner en ce moment. Je préfère être dehors que dedans, même si je m'expose au danger d'être rejoint par Ambre. Mais, depuis peu, elle me fiche la paix. Je suis au moins tranquille de ce point de vue-là.

Parce que, pour le reste, c'est un feu d'artifice !

Depuis qu'Éléonore est arrivée, c'est encore pire qu'avant ! Pourtant, je lui ai téléphoné pour la prévenir de l'alerte rouge « Grégoire ».

– Je sais, Will, m'a-t-elle rassuré. Maman m'a déjà parlé de mon quart.

Comme je lui demandais pourquoi elle appelait Grégoire « Moncar », elle s'est mise à rire.

– Tu as dû étudier les fractions au CM2 ? Le demi d'un demi, c'est un quart non ? Donc, le demi-frère de mon demi-frère, c'est mon quart.

– Ouais, ai-je bougonné. En tout cas, quart ou pas quart, c'est l'enfer ! Greg fait tout pour que je le déteste et il y arrive parfaitement.

– Ne t'inquiète pas, a conclu Éléonore. J'arrive en renfort, ton demi n'a qu'à bien se tenir. À deux contre un, on va le pulvériser.

J'y ai cru.

J'avais tort.

En réalité, Grégoire est plus fort que ma demi-sœur et il continue à faire ce qu'il veut. Les disputes succèdent aux disputes. Mes deux demis s'opposent pour le choix des programmes à la télé, la propreté dans la salle de bains, les tâches ménagères que l'on doit accomplir à tour de rôle, l'utilisation du seul ordi de la maison, le partage des céréales le matin… Même le big chef est en train de perdre patience.

De la cour, j'entends encore des cris.

– Ras-le-bol de devoir entrer dans une salle de bains transformée en porcherie ! hurle Éléonore. On ne t'a jamais appris à rincer le lavabo, espèce de gros dégueu ?

– Miss gnangnan veut aussi que je plie ma serviette au carré ? lui répond Grégoire en criant encore plus fort. On n'est pas à l'armée ici. Je nettoie le lavabo si je veux !

– Non, tu le nettoies quand il est sale ! Simple règle d'hygiène !

– Et toi tu la fermes un peu ! Simple règle de santé publique !

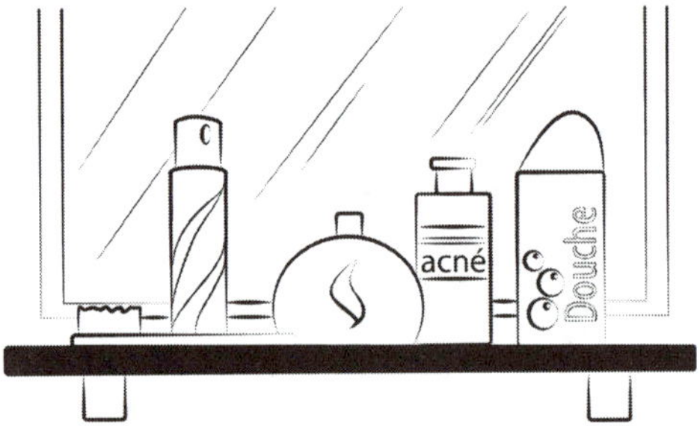

À ce stade, je préfère me boucher les oreilles. Mais les hurlements sont remplacés par la voix grave de papa :

– Je ne supporte plus vos disputes en permanence. Je vous préviens, si ça continue, je vous mets tous en pension et on n'en parle plus !

– Tant mieux ! répond Grégoire accoudé à la fenêtre. J'en rêve !

Je me dépêche de préciser que je ne participe pas à la guerre des demis et que je n'ai aucune envie d'aller en pension. Ensuite je regagne ma chambre. Les disputes, c'est fatigant...

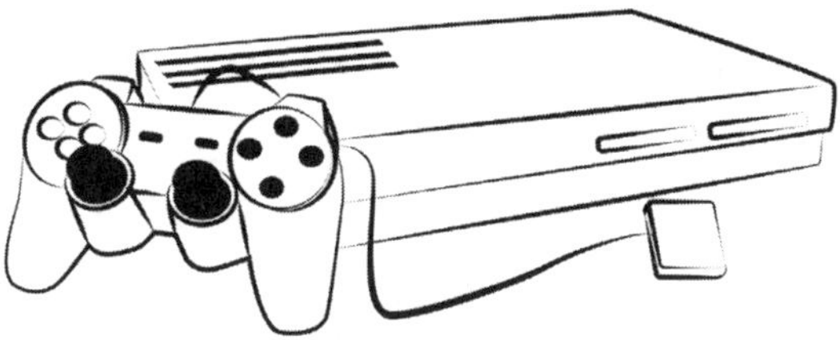

Je finis par téléphoner à Félix qui me fait écouter le silence qui règne chez lui. C'est merveilleux. Je lui demande si ses parents voudraient bien m'adopter et il me répond :

– Moi, le silence, ça me stresse. Je rêve d'une maison pleine de bruits. Tu sais que j'allume la télé quand je reviens de l'école ? Mes parents rentrent super tard et je me sens souvent trop seul.

– Alors, on échange nos maisons pendant une semaine ? Prends ma place, tu verras !

Félix n'a pas le temps d'accepter ou de refuser ma proposition parce que maman convoque tout le monde dans le salon pour une réunion exceptionnelle. Grégoire murmure :

– Ras le bol de cette maison de oufs.

– Elle ne l'était pas avant que tu t'y installes, lui chuchote Éléonore.

Mon demi la pousse discrètement et elle lui allonge un coup de coude. Finalement, on se retrouve tous assis autour de la table. Greg pianote sur son téléphone, et papa le lui enlève. Mon demi lève les yeux au ciel en soupirant.

Moi, j'observe les mains de maman qui tremblent. Sa voix aussi est différente. Je la sens très énervée.

– Bien... Vous savez ce que signifie ce rassemblement ? nous questionne-t-elle.

Le silence est total. Éléonore regarde ses pieds et Grégoire s'affale de plus en plus sur sa chaise. Maman continue :

– Depuis lundi, l'ambiance dans notre maison est exécrable, c'est intolérable. Fred et moi, nous vous avons toujours tenu le même discours : vous devez vous respecter. On ne vous parle pas d'amour, juste de tolérance.

Mon demi marmonne et maman fait celle qui n'a rien entendu.

– Moi, je demande juste que Grégoire...

L'intervention d'Éléonore est immédiatement balayée d'un revers de la main.

– Pas de remarques personnelles ! lance maman. Vous n'avez pas le choix. Chacun doit faire un effort.

Papa prend la parole à son tour pour expliquer à quel point les disputes sont insupportables. Il répète ce qu'a expliqué maman et Grégoire bâille bruyamment. Après dix bonnes minutes de réunion exceptionnelle, on a le droit de se lever. Mon demi quitte le salon en chantonnant à voix basse :

– Exécrable, intolérable, insupportable… Petit discours minable…

Éléonore rejoint sa chambre avec les larmes aux yeux. Maman regarde papa d'un air désespéré.

C'est à ce moment-là que je réagis.

Je suis peut-être le plus petit de cette famille mais j'ai mon mot à dire. Et justement, mon mot, c'est une phrase : Grégoire nous rend la vie impossible !

Une fois que le problème est énoncé, il faut trouver LA solution !

L'heure me semble suffisamment grave pour que je fasse quelque chose d'incroyable. Je sors de chez moi et je vais directement chez Ambre.

Je n'ai même pas le temps de sonner : la porte s'ouvre à toute volée.

– Je t'ai vu arriver par la fenêtre ! me lance ma voisine. Tu veux jouer avec moi à la Wii ? J'ai un super jeu qui s'appelle *Let's dance*. On pourrait s'entraî...

– Je viens pour un cas d'extrême urgence, je murmure. C'est possible de te parler sans être entendu ?

Ambre prend un air grave. Elle met un doigt sur ses lèvres et commence à me faire des signes ultracompliqués.

– Je ne comprends rien, lui dis-je.

– Ma sœur est dans la cuisine et elle risque de nous entendre, me susurre ma voisine dans le creux de l'oreille. Il faut monter à l'étage, on sera tranquilles.

Je suis Ambre qui marche sur la pointe des pieds comme si une grenade pouvait éclater à tout moment. Elle me fait entrer dans sa chambre et j'assiste à une explosion de couleurs. Les murs sont rose et violet et la moquette prune…

– Bon alors ? C'est quoi ton cas d'extrême urgence ?

– Euh… C'est…

– Oui ? continue Ambre qui se rapproche de plus en plus de moi.

– J'ai besoin de toi et de tes idées pour me sauver la vie parce que je ne peux plus supporter Grégoire.

Voilà, c'est dit ! Ambre me regarde d'un air stupéfait.

– Il faudrait savoir ! s'exclame-t-elle. Dès que j'essaie de te parler de ma sœur, tu ne m'écoutes pas !

– Les choses ont changé. C'est l'horreur à la maison et j'ai besoin d'aide. Je crois que tu t'y connais bien en ado. Est-ce que tu pourrais…

– Je suis exactement celle qu'il te faut, Will ! m'interrompt Ambre. Tu vas voir, à nous deux, on va former une vraie équipe !

Je me tourne vers la fenêtre parce que le rose de cette chambre commence à me donner mal au cœur.

Ou alors, c'est peut-être la future équipe qui me rend malade ?

Vers un ado meilleur

Ce qui est difficile dans les plans ultrasecrets, c'est justement qu'ils restent ultrasecrets. De mon côté, je ne me fais aucun souci, je suis muet comme une tombe. C'est plutôt au niveau d'Ambre que je m'inquiète…

Mais comme le dit Félix, sans elle, on n'aurait jamais eu autant d'idées.

Je dois avouer que ma voisine a une imagination redoutable.

En quinze jours, on a fini par monter une sorte de club. Les débuts ont été un peu difficiles.

Ambre voulait absolument qu'on surnomme notre équipe « Toi et Moi ». J'ai eu envie de partir en courant.

– « Toi et Moi » ! ai-je marmonné en haussant les épaules. Et pourquoi pas « Nous deux » ou « On ne fait qu'un » tant que tu y es !

Évidemment, ma future collaboratrice n'a pas apprécié ma remarque.

– Puisque tu es si fort pour trouver des noms de clubs, vas-y ! m'a-t-elle répondu en mettant les poings sur les hanches. Dis-moi comment on va s'appeler ?

– Euh... Juste « Le club » !

Ma voisine a secoué la tête d'un air désolé. On commençait très mal notre association.

Heureusement, j'ai pensé à mon copain...

– Tu sais, ai-je proposé à Ambre. On devrait demander à Félix de nous rejoindre parce qu'il a souvent des idées géniales ! En plus, ce serait encore mieux si on était trois pour gérer le club.

Ma voisine a grimacé, comme moi quand je suis obligé de manger des petits pois.

– Je t'assure, ai-je insisté. Une fille et deux garçons, ça peut faire une super équipe !

Ambre a fini par se laisser convaincre. Je n'ai pas mis longtemps à persuader Félix que nous avions besoin d'un cerveau comme le sien. C'est d'ailleurs lui qui a trouvé le nom de notre club qui s'appelle désormais « Vers un ado meilleur ».

Nous avons un seul objectif, faire en sorte que mon grand frère et sa grande sœur redeviennent ce qu'ils ont été un jour : des gens avec qui il est possible de vivre sans avoir envie de partir en courant.

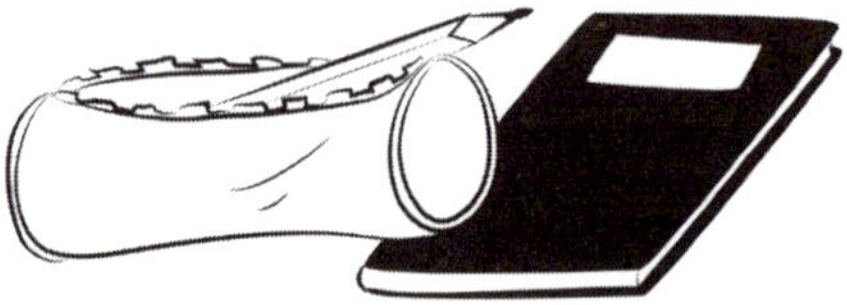

On a mis au point une stratégie redoutable en trois étapes.

Il y a d'abord les actions *coups de poing*. Elles sont appliquées régulièrement et elles visent à modifier le comportement de nos aînés.

Dans un deuxième temps, nous devons mener une *enquête interne*, qui va nous aider à découvrir pourquoi nos ados sont aussi pénibles et mal dans leur peau.

Grâce à nos découvertes, on appliquera enfin le plan *Ado nouveau* qui permettra à Grégoire et Chloé de devenir des « êtres délicieux, capables de vivre en société et de s'ouvrir aux autres ». Toutes les formules chocs sont d'Ambre. Quant au contenu, Félix et moi, on se débrouille pour être imaginatifs…

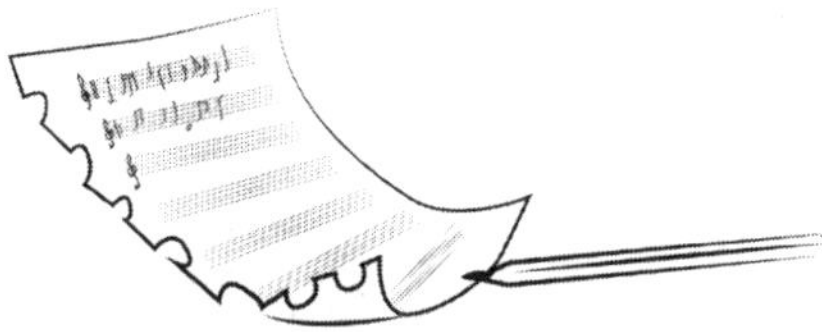

La première réunion a eu lieu un lundi, juste après l'école. On s'est retrouvés dans la chambre de ma voisine.

– Euh… À part le rose, tu aimes une autre couleur ? a demandé Félix en entrant dans la chambre.

Ambre a haussé les épaules et s'est emparée d'un gros livre qu'elle a posé sur ses genoux en disant :

– J'ai eu une idée géniale pour faire avancer notre club. Je suis allée piquer ce dico dans la bibliothèque de Chloé et j'ai commencé à le lire. Il est super intéressant pour nous parce qu'il est bourré de conseils.

Ambre a alors levé son livre pour nous montrer la couverture. On a pu lire *Dico des ados*.

– Bon, j'ai donc une proposition pour le club, a-t-elle continué. Il faut travailler sur l'aspect physique avant tout. Un ado sur deux est mal dans sa peau à cause de sa peau justement. C'est écrit dans le dico.

Comme on la regardait sans comprendre, ma voisine a levé les yeux au ciel et a murmuré :

– Il faut tout vous expliquer ! Les boutons ! Ils rendent le visage des ados plus moche de jour en jour. Première action *coup de poing* : on s'arrange pour que Chloé et Grégoire aient la peau douce.

– Et on fait quoi exactement ? ai-je demandé. On leur frotte le visage chaque jour avec une brosse ?

– Mais non ! s'est écrié Félix. Il faut juste aller à la pharmacie de ma mère lui demander si elle vend des produits pour le visage des ados.

– C'est exactement à ça que je pensais ! a approuvé Ambre avec un grand sourire.

Donc, en ce moment, mon copain est super utile. Sa maman pharmacienne lui donne plein d'échantillons de « crèmes pour les peaux jeunes à tendance acnéique » et Ambre et moi, on les pose en douce sur l'étagère à produits de nos sœur et frère. Il paraît que Chloé les essaie tous.

Par contre, pour l'instant, Grégoire n'en a pas ouvert un seul. Du coup, j'ai récupéré discrètement un échantillon et je m'applique un peu de crème tous les matins. Éléonore a d'ailleurs trouvé que je sentais très bon lorsqu'elle m'a embrassé en partant ce week-end.

– C'est grâce à ma crème ! lui ai-je précisé. J'ai décidé de faire attention à ma peau.

Ma demi-sœur a ouvert de grands yeux.

– C'est important, ai-je insisté alors que Grégoire passait devant nous. Les boutons sur le visage, ça gâche la vue !

Éléonore s'est mise à rire mais mon demi n'a pas réagi. Je crois qu'il s'en fiche complètement d'avoir de l'acné !

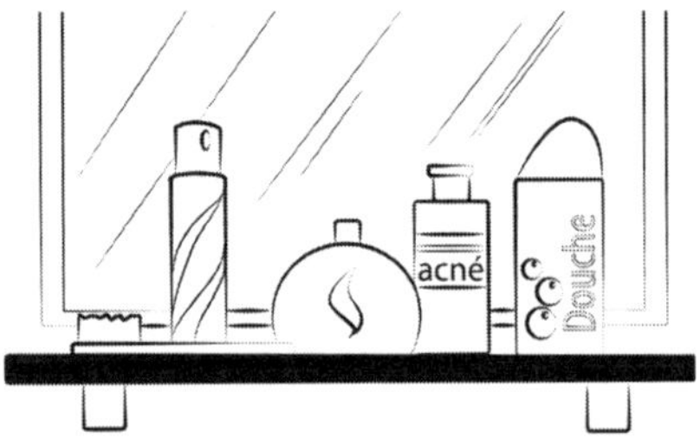

Pendant la deuxième réunion de notre club, j'ai soulevé le problème.

– Il faut absolument trouver une deuxième action *coup de poing* ! Grégoire ne s'occupe pas de sa peau. Par contre, si on pouvait l'aider à retrouver un peu d'énergie, ce serait bien…

Quand je pense que l'année dernière encore, mon demi était le roi au basket ! Je me souviens des parties acharnées qu'on disputait tous les jours. Il m'avait montré le tir « de la mort qui tue », un lancer franc avec une détente incroyable qui atterrissait à chaque fois en plein dans le mille.

Grégoire disait toujours :

– Si tu as la technique, le reste suit, Will ! Tout est dans l'énergie que tu donnes au ballon.

Il était capable de marquer des paniers à la chaîne comme un joueur pro. Il a arrêté le basket juste après l'été. Papa a insisté pour qu'il reprenne ses entraînements, mais mon demi n'a plus aucune motivation.

– À part s'affaler devant la télé, Greg ne fait plus rien qui ressemble de près ou de loin à du sport ! ai-je expliqué à Félix et Ambre.

Ma voisine a alors consulté son gros dictionnaire.

– Il est bien marqué que, « chez certains adolescents, l'incapacité à s'endormir le soir et les difficultés de réveil le matin peuvent entraîner une fatigue chronique non négligeable », nous a-t-elle lu.

– C'est exactement ça ! ai-je crié en écoutant cette description. Grégoire donne parfois l'impression de dormir debout.

– Normal. Chloé aussi est toujours molle ! a expliqué Ambre en grande professionnelle. Et elle s'endort super tard quand même. Maman passe son temps à lui dire que ses nuits ne sont pas assez longues.

Félix a regardé ma voisine et lui a demandé :

– Alors ? Quelle action *coup de poing* mettre en place ?

– Je suggère un plein de vitamines ! a répondu Ambre en fermant son dico d'un coup sec.

– Mais on se débrouille comment pour leur faire prendre des médicaments ? ai-je répliqué, vaguement inquiet.

– Pas besoin de médicaments ! On va leur donner des cocktails de notre invention, m'a expliqué notre collaboratrice. On a juste besoin d'une centrifugeuse. Tu en as une ?

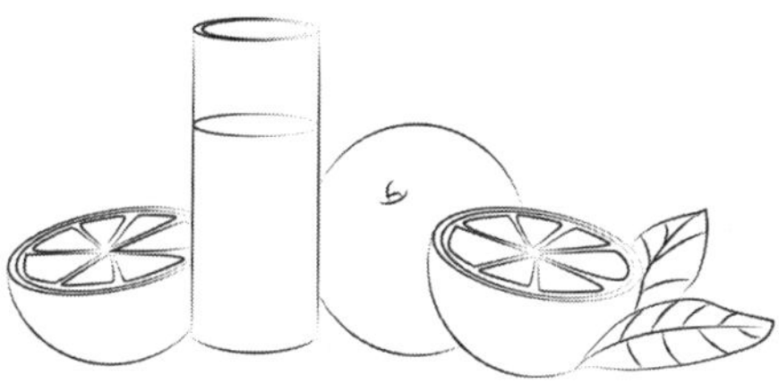

Comme j'acquiesçais, Ambre m'a donné tout un tas de recettes de boissons flash boum. Depuis, pour le goûter de Greg, je prépare des cocktails en mélangeant le plus d'ingrédients possible. Mon dernier : kiwi, orange, banane, lait, morceaux de cookies et Coca, a été très apprécié par mon demi puisqu'il en a vidé un litre !

J'attends que les résultats soient visibles…

Un scoop incroyable

Grégoire vient de rentrer après avoir passé le week-end chez sa mère. Il n'a pas l'air de bonne humeur. Il s'allonge sur son lit en jetant son sac dans un coin.

Comme d'habitude, il met son casque sur la tête, branche son iPod, monte le volume au maximum et, de mon bureau, j'entends parfaitement sa musique. Ce soir, c'est du rap. Greg hoche la tête en cadence : c'est le seul mouvement un peu énergique qu'il soit capable de faire.

J'ai un service à lui demander et je ne suis pas sûr que ce soit le bon moment… Mais je n'ai pas le choix, il y a urgence absolue ! Je crie son prénom en agitant ma main pour attirer son attention. Il soulève un des écouteurs de son casque.

– Ouais ? demande-t-il mollement.

– Greg, je n'arrive pas à résoudre le problème de géométrie pour demain. Papa et maman n'ont pas voulu m'aider, ils disent que je n'ai qu'à appliquer la leçon…

– S'ils le disent, ça doit être vrai, me répond mon demi en remettant la musique à fond dans ses oreilles.

Comme je suis vraiment coincé avec ce maudit problème, j'insiste et je viens m'asseoir à côté de lui en hurlant :

– Allez Greg ! Tu es super fort en maths. En cinq minutes tu auras trouvé la solution.

– J'ai à peine huit de moyenne cette année, crie mon demi qui n'a pas éteint son iPod. Je ne sais plus résoudre les problèmes de bébé.

– Je te demande juste un peu d'aide, dis-je en joignant les mains en signe de prière.

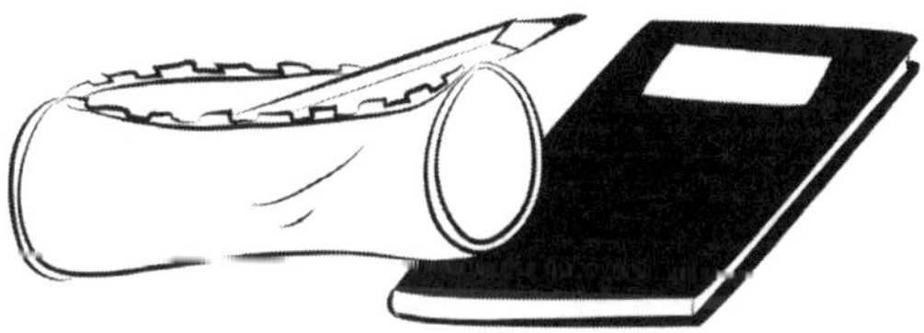

Grégoire enlève ses écouteurs en soupirant très fort et attrape mon livre. Il lit l'énoncé à toute vitesse et me demande une feuille de papier.

– C'est un problème de maternelle, ça, bébé cot cot ! affirme-t-il en écrivant des égalités à toute vitesse. Ton cerveau marche au ralenti, non ?

Je me mords les lèvres pour ne pas répliquer que, même avec un cerveau au ralenti, j'ai plus d'énergie que lui au quotidien ! Je risque gros si je lui réponds alors je préfère écouter et me taire. En cinq minutes, mon demi a trouvé la solution de mon problème ultracompliqué.

– Waouh ! je m'exclame admiratif. T'es vraiment fort en maths ! Je suis sûr que tu n'as pas huit de moyenne. Tu dois au moins avoir quinze.

– Si mes notes t'intéressent, je demanderai aux profs de t'envoyer mon bulletin trimestriel, lance Grégoire en me poussant du lit. Allez maintenant, tu me fiches la paix, j'ai fait ma BA du week-end.

Je retourne à mon bureau en sautillant presque. Je vais rendre un problème juste et avoir une super note. Je regarde mon demi du coin de l'œil en recopiant mon devoir.

Malgré son air endormi, il est quand même super doué parce qu'il n'a pas réfléchi une seule seconde. On aurait dit ma maîtresse quand elle fait des démonstrations au tableau. Grégoire est un gros mou au cerveau bien rempli... Mais ça ne le rend pas aimable pour autant !

Voilà bientôt un mois qu'il habite à la maison et je n'ai pas noté la moindre amélioration dans son comportement. Les actions *coup de poing* n'ont eu aucun effet sur lui. Il a de la barbe qui commence à pousser, donc pour la peau douce on repassera. Quant aux cocktails supra-vitaminés qu'il prend chaque jour, aucun effet. Il est toujours aussi mou.

– Pour Greg, les boissons flash boum font plutôt splash qu'autre chose ! ai-je expliqué à la dernière réunion. Plus je mélange les ingrédients, plus il en boit, mais côté énergie, c'est le vide sidéral !

– Chloé n'est pas devenue plus agréable non plus, nous a dit Ambre. Hier, elle m'a carrément affirmé qu'elle aurait adoré être fille unique mais qu'on ne l'a pas laissé « s'exprimer » avant ma naissance ! Sympa hein ?

– Il faut passer à la phase deux de notre plan, ai-je affirmé.

– *L'enquête interne* ? C'est bien ça ? a demandé Félix qui prend des notes à chaque réunion pour être sûr qu'on n'oublie rien d'une séance à l'autre.

– Oui, a déclaré Ambre d'un air grave. Il va falloir fouiller dans les affaires de Chloé et Grégoire.

On s'est regardés tous les trois avec des airs d'agents secrets et, bien sûr, Félix m'a proposé ses services avec enthousiasme.

Depuis, on s'est mis au travail. *L'enquête interne* doit nous révéler les problèmes de nos aînés et nous aider à mettre au point le plan qui les résoudra définitivement. Ambre a commencé à éplucher la vie de sa sœur dès qu'elle le peut. Avec Félix, on a réussi à mettre la main sur le sac de cours de Grégoire un soir où il était sorti.

– Il écrit super mal ! a commenté Félix en jetant un œil sur les cours de mon demi. C'est illisible !

– J'ai trouvé son carnet de liaison, il y a plein de mots des profs. Mais... pas un seul mot de félicitations !

On a longuement lu la partie correspondance parents-profs. Mon demi a beaucoup inspiré les profs cette année.

– Waouh ! a lancé Félix. Onze heures de colle depuis le mois de septembre. Il en a trois par mois en moyenne…

– Ses notes ne font que baisser, tu as vu ? ai-je ajouté. Remarque, c'est un peu normal, il est fatigué en permanence. Son cerveau doit souvent être en mode éteint !

On a fouillé ainsi pendant une bonne heure, mais je n'ai pas eu l'impression d'avancer d'un pouce. Grégoire est agité en cours et ses notes sont plutôt mauvaises. Ces remarques ne m'aident pas à découvrir son problème.

J'ai donc continué à chercher dans ses affaires ce week-end, pendant qu'il était chez sa mère. Il avait laissé sa trousse en évidence sur son bureau et je l'ai ouverte pour en éplucher le contenu.

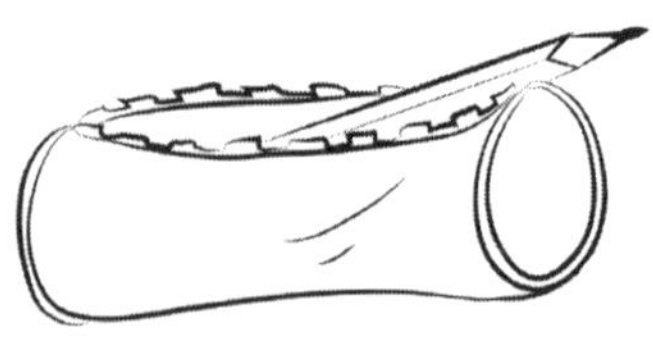

J'y ai découvert des bouts de papier couverts de messages mystérieux signés F. Il y a des xxxxx partout à chaque fois et je ne comprends pas la moitié des mots.

Frèches nous fait hierch !
Relou Le Bellech.
Roule ma poule
COK
I love Che Guevara !

J'ai recopié consciencieusement chacun des messages sur une feuille et je les ai montrés à Félix hier.

À part Che Guevara qu'on retrouve dans le dictionnaire et qui est un « révolutionnaire latino-américain mort en 1967 », mon ami n'a aucune idée sur le sens caché de ces mots. Celui sur Che Guevara m'inquiète. Mais comme Grégoire est fatigué dès qu'il se lève, je le vois mal devenir un grand révolutionnaire à son tour. En plus, en France, la Révolution, on l'a déjà faite !

Je n'ai pas trouvé de renseignements plus importants. J'attendais le retour de Grégoire pour espionner son portable en cachette. Mais maintenant qu'il m'a aidé à résoudre le problème de maths, je me sens un peu honteux à l'idée de fouiller dans son téléphone.

Pourtant, dès que mon demi quitte la chambre, je cesse immédiatement de recopier mon exercice de géométrie. Je tends l'oreille et j'entends le bruit de son émission de sport préférée du dimanche soir. Je suis sûr qu'il ne reviendra pas dans la chambre avant un moment. Je fixe son portable qui traîne sur le lit. C'est comme s'il m'appelait !

J'entends sa petite voix me chuchoter : « Viens regarder dans ma mémoire et tu y trouveras tous les secrets de ton frère... » Je m'empare de l'appareil en tremblant comme une feuille. Je n'ose pas imaginer ce que je deviendrais si mon demi découvrait que je fouille dans ses affaires.

J'ai de la chance, il ne l'a pas éteint. Je me précipite sur ses messages. Il y en a un nombre impressionnant. Il ne les efface même pas ! Les derniers sont presque tous de FLouloute. J'en ouvre trois ou quatre au hasard.

Ce sont des messages d'amour ! Il y a des « mon Greg d'amour », des « jtm » à toutes les sauces et des « tu me manques déjà ».

J'entends des pas dans le couloir. Je me dépêche de jeter le portable sur le lit et je me rue à mon bureau le cœur battant.

Fausse alerte, c'est juste maman qui range du linge dans la chambre d'Éléonore. Je me lève pour remettre le téléphone à l'endroit exact où je l'ai pris.

Mon frère le gros mou a une chérie !

Incroyable !

L'amour, voyage inquiétant

Éléonore n'est pas venue cette semaine. Elle a téléphoné en disant qu'elle avait trop de travail et qu'avec Grégoire à la maison, elle ne pourrait pas réviser correctement. Maman s'est mise en colère, mais je sais qu'elle était surtout triste de ne pas voir sa fille.

Les choses ne s'arrangent guère entre les deux ados de la maison même si on les entend moins se disputer.

En fait, ils règlent leurs comptes loin des adultes, ils ont compris qu'il valait mieux être discret. J'assiste souvent à leurs échanges et c'est plus passionnant qu'un match de tennis. On ne sait jamais qui l'emportera. Grâce à eux, mon capital gros mots s'enrichit de jour en jour.

Je suis déçu de ne pas voir Élé, j'avais un scoop à lui révéler. Je ne peux pas lui dire au téléphone que mon demi a une fiancée officielle, c'est trop top secret, je ne peux que lui chuchoter au creux de l'oreille.

Ambre vient de nous faire la même révélation : Chloé est amoureuse d'un garçon de sa classe et ils sont ensemble depuis plus de deux mois.

– C'est vraiment génial si ta sœur est casée ! s'écrie Félix en apprenant la nouvelle. Elle sera très occupée et elle arrêtera de se comporter en petit chef avec toi.

– Mais non, c'est horrible, se lamente Ambre. J'avais un plan super efficace où elle devait tomber amoureuse de Grégoire. Ensuite, ils auraient été heureux tous les deux et auraient enfin arrêté de nous casser les pieds à longueur de temps. Mais là, j'apprends qu'elle est amoureuse depuis un bon moment. Et rien n'a changé dans son comportement !

Je grimace, comme Ambre. Je raconte ce que j'ai découvert en fouillant dans le portable de Grégoire. Le FLouloute reste mystérieux.

Pour en savoir un peu plus, Ambre nous invite à consulter avec elle le compte Facebook de sa sœur. Elle a réussi à intercepter son code d'accès.

Ma voisine est une espionne de première catégorie. Sur la page Facebook de Chloé, on découvre que mon frère est dans la liste de ses amis. Rien d'étonnant puisqu'elle en a près de 360, sûrement presque tous les ados de la ville ! On peut donc consulter le compte de Grégoire. Et c'est ainsi que l'identité mystérieuse de cette FLouloute nous est révélée. Mon demi est le chéri officiel de Fleur Loutin, une magnifique ado de sa classe.

– Je n'arrive pas à comprendre comment une fille aussi jolie peut tomber amoureuse d'un mollusque comme Grégoire ! je m'écrie en regardant une photo où les deux amoureux sont enlacés.

– L'amour ne s'explique pas, murmure ma voisine en louchant vers moi.

En tout cas, Ambre, elle, arrive à nous expliquer des tas de choses ! Les billets mystérieux trouvés dans la trousse de mon frère sont décryptés en quelques minutes par notre collaboratrice.

– Les croix partout, ce sont des bisous, nous explique-t-elle. Le F, vous savez qui c'est maintenant ! On est donc en possession des messages que cette Fleur a envoyés à ton frère en cours et qu'il garde en souvenir de sa chérie. Elle parle d'un Le Bellech qu'elle trouve lourd, d'un Frèches qui la fait ch… Euh… C'est du verlan quoi ! C'est sûrement un prof. Et « Roule ma poule », c'est une expression qui signifie « ça marche ! ». Le COK qu'elle a écrit en langage SMS veut dire : c'est OK !

– Je croyais que ça parlait de poule et de coq, moi, j'avoue tout penaud.

– Coq avec un k? Tu pensais que ton frère se lançait dans l'élevage aussi? se moque Ambre.

On se regarde tous les trois, un peu désespérés.

– On est arrivés au bout de l'enquête les gars, murmure ma voisine. Chloé et Grégoire n'ont rien de plus à nous apprendre. Et notre plan *Ado nouveau* tombe à l'eau.

– Ouais, je soupire. On est mal barrés. Il nous reste la fuite.

– Je pars avec toi! me propose Ambre.

– Euh… Je plaisantais ! je réponds en rassemblant mes affaires. Je ne compte pas partir de chez moi pour laisser toute la place à Grégoire. Il serait trop content !

– Donc, concrètement, quelle décision on prend ? s'inquiète Félix. On dissout le club ?

– Sûrement pas ! s'écrie Ambre. On n'a pas fait toutes ces réunions pour rien ! Il doit bien y avoir un truc auquel on n'a pas pensé.

Elle se rue sur son dictionnaire qu'elle doit connaître par cœur à force de le lire et elle feuillette à toute vitesse le chapitre « Amour chez les adolescents ».

– « Tomber amoureux, nous lit Ambre, cela signifie qu'on peut aimer ailleurs que dans sa famille, que l'on quitte l'enfance pour devenir adulte. Quoi de plus enrichissant que de découvrir un nouveau sentiment ? Mais quel voyage inquiétant pour le jeune ado amoureux… »

Ambre s'arrête et crie :
– C'est ça leur problème en fait !
– Quoi ? demande Félix étonné.
– D'être amoureux ! Ils sont pénibles tous les deux parce qu'ils sont en plein dans ce voyage inquiétant dont parle l'article !

Je regarde Félix qui s'est remis à écrire.
– N'importe quoi, je lui lance. Ne me dis pas que tu prends des notes sur cet article débile !
– Débile toi-même, répond Ambre énervée. Ce *Dico des ados* nous a toujours bien aidés !

– Peut-être. Mais là, je n'ai plus envie d'y croire. Être amoureux ne rend pas nerveux et méchant.

– Et comment tu le sais d'abord ? me demande ma voisine en me fixant droit dans les yeux.

– Je le sais, c'est tout.

Après cet échange, Ambre range son dico en faisant du bruit pour bien montrer que je l'ai énervée.

Il ne me reste plus qu'à retourner chez moi. Notre club est au bord du précipice. Je suis prêt à partir lorsque Félix murmure :

– Ce serait trop dommage d'arrêter nos réunions. J'aime bien quand on parle tous les trois.

Mon copain regarde Ambre avec insistance. Celle-ci reste sans voix. C'est la première fois qu'elle est vraiment muette. Elle nous fixe, Félix et moi, comme si elle nous comparait. Elle rougit.

– Euh… finit-elle par dire. On fait la réunion de vendredi prochain comme prévu alors ?

– OK, lance Félix en se levant. Et cette fois-ci, on ira chez moi ! Je te ferai visiter ma chambre, Ambre, et tu me diras comment tu la trouves.

Cette fois-ci, c'est moi qui reste sans voix. Je viens de réaliser que Félix est plus intéressé par Ambre que par notre club ! Quand je le raccompagne chez lui, il m'avoue la vérité :

– Je suis jaloux de toi depuis que j'ai appris qu'Ambre t'aimait. Et si je suis venu dans votre club, c'est aussi pour passer du temps avec elle.

– Mais tu aurais pu me prévenir avant. Tu sais bien que je ne suis pas amoureux d'elle…

– On peut devenir différent quand on est amoureux et cacher des choses à son meilleur copain. L'amour est un voyage inquiétant qui nous fait faire des choses bizarres. Tu vois bien que l'article avait raison !

Lorsque je laisse Félix chez lui, mille et une questions se bousculent dans ma tête. J'ai été amoureux de Clémence et pourtant, ça ne m'a pas changé pour autant !

L'amour peut-il transformer à ce point les ados ?

J'ai peut-être encore besoin du club pour le découvrir.

Découverte surprenante

Ce week-end, nous sommes cinq enfants à la maison. Enfin cinq dans le sens « enfants de mes parents » parce qu'en fait, je suis le seul « enfant ». Tous les autres sont passés dans la catégorie ados ou presque ! Et Maureen la fille aînée de papa est même une adulte. J'ai l'impression qu'elle pourrait être ma mère tellement elle me paraît vieille.

Quand j'exprime cette idée à haute voix à table, Maureen se met à rire.

– Je t'aurais eu à treize ans, Will ! précise-t-elle. C'est l'âge d'Élé… Un peu jeune pour s'occuper d'un bébé, non ?

– Ah ! Ah ! ricane Grégoire. J'imagine très bien miss gnangnan en maman ! Elle se mettrait à pleurer à chaque fois que bébé salirait la salle de bains.

– Je me sens assez mûre pour m'occuper d'un bébé, réplique Éléonore. Et bien plus responsable que toi avec ton cerveau inachevé !

– Grmpfff, commente mon demi la bouche pleine. Groupfffmmm.

Personne ne comprend sa réponse et on continue à manger en changeant de sujet de conversation. Mais Greg, lui, n'a pas fini.

– Tu sais ce qu'il te dit mon cerveau, espèce de décérébrée ? lâche-t-il un quart d'heure plus tard.

– Non, je n'en ai aucune idée, lui répond Éléonore en mâchant tranquillement sa viande. Aga aga ? Areuh areuh ?

Le copain de Maureen explose de rire et Grégoire balance son verre d'eau sur son quart ! Le repas se finit dans une cacophonie totale.

Moi, j'ai vraiment adoré l'épisode de l'arrosage.

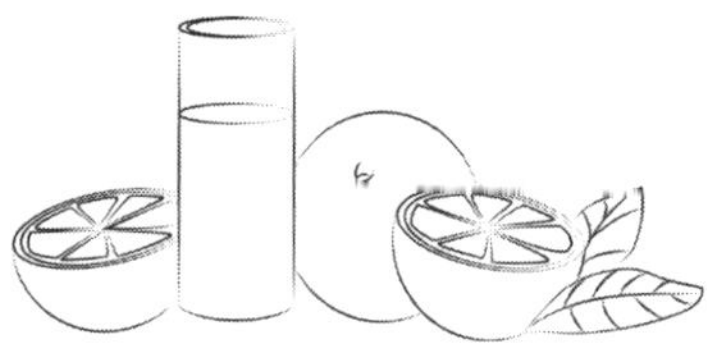

Je m'éclipse très vite après ça. Papa et maman entament un sermon et je sais qu'il va durer longtemps. Je viens de comprendre quelque chose de très grave : Grégoire est perdu.

J'appelle Félix pour lui signifier que notre association doit s'arrêter.

– Je ne peux plus rien pour mon demi, je lui explique. Les jours passent et il ne change pas. Je crois qu'il est vraiment irrécupérable.

– Tu ne viens pas à la réunion de vendredi alors ? me demande mon copain.

– Non ! Faites-la sans moi si vous voulez. Ce sera bien pour toi, tu seras seul avec Ambre.

– Et... tu crois qu'elle acceptera de venir si tu n'es pas là ?

– Évidemment Félix ! dis-je en rigolant. Tu n'as qu'à lui raconter que tu as besoin de conseils déco pour ta chambre. Elle te proposera de nouvelles couleurs tendance. Un prune flashy ou un rose bonbon.

– Très drôle, répond Félix d'une voix lugubre. Donc tu m'abandonnes ?

– Allez... Je t'assure que tu seras cent fois mieux sans moi si tu veux tout avouer à Ambre.

– T'es fou ! s'exclame-t-il. Je ne lui dirai rien. Je suis trop timide pour ça !

Félix me fait promettre de garder le secret sur son amour pour Ambre et je lui jure que je serai plus silencieux qu'une tombe sans fantôme à l'intérieur. On finit par rire tous les deux et ça me détend.

En raccrochant, je balaie ma chambre du regard et je me sens à nouveau démoralisé. Greg n'est pas parti ce week-end, et il a accumulé un nombre incroyable d'affaires autour de son lit et du mien. Je ramasse un caleçon en boule, trois feuilles de cours sur les énergies renouvelables, deux stylos tellement mâchouillés qu'ils sont minuscules et des mouchoirs en papier usagés qui sont tombés de sa poubelle débordante. Depuis que maman refuse de pénétrer dans notre chambre, c'est l'apocalypse totale.

Je décide de ranger un peu mon espace et de faire régner une nouvelle loi. Je commence par mettre de l'ordre dans le placard en poussant les affaires de mon demi qui ne forment plus qu'un tas informe sur une de mes étagères.

Je mesure avec une règle la longueur de la tringle qui sert à accrocher nos habits et je la divise en deux. À la moitié, je noue un chiffon rouge pour signifier que les cintres de Grégoire ne doivent plus jamais empiéter sur ma partie.

Ensuite, je trace une ligne en Lego qui sépare la pièce en deux. Toute affaire de Grégoire qui entrera dans ma zone sera définitivement détruite par mes soins.

Pendant un bon moment, je rédige un règlement clair et précis dans lequel j'explique à mon demi un certain nombre de principes que je viens de mettre au point. Les mots-clés en sont « respect total et non-dépassement des zones réservées à William ».

Je prends soin d'en copier un exemplaire que j'épingle au-dessus du bureau de mon demi. Satisfait de mon travail, je décide d'aller faire quelques dribbles mais Grégoire entre dans la chambre en me bousculant.

Il ne respecte même pas ma ligne de Lego parce qu'il se jette sur son lit comme un sauvage. Ensuite, c'est le silence. J'entends juste de gros sanglots étouffés qui s'échappent de la masse que Greg forme sur son lit. Je ne l'ai jamais vu pleurer. Ou alors, j'étais trop petit pour m'en souvenir.

Un ado qui pleure, ça fait du bruit. Et ça fait de la peine aussi.

Je me sens tout bête avec ma ligne de Lego, mon foulard rouge dans le placard et mon règlement. Pendant un moment, je n'ose pas bouger mais les pleurs de Grégoire me font vraiment trop mal. Je cherche son iPod et je lui mets les écouteurs sur la tête, tout doucement. Il ne réagit pas, mais peu à peu les tressautements de ses épaules s'espacent.

Quand je vois qu'il a cessé de pleurer, je sors de la chambre sur la pointe des pieds pour le laisser seul avec son chagrin.

Je pars aux nouvelles, bien décidé à comprendre pourquoi Greg est dans un tel état. Élé ne peut pas me renseigner.

– Grégoire a filé dès que tes parents ont arrêté leur sermon, m'explique-t-elle. Je ne sais pas où il allait. Tout ce que je peux te dire c'est qu'il avait l'air pressé. Il pleure ? Tu es sûr ?

Je hoche la tête gravement.

– Je ne l'ai jamais vu aussi triste, je murmure. Papa et maman savent peut-être ce qui se passe…

– Ils sont sortis eux aussi un peu après lui. Ils ne pourront rien te dire de plus. En tout cas, une chose est sûre. Grégoire ne pleure pas à cause de moi et de notre prise de tête. Avant de partir, il a eu le temps de me glisser qu'il n'hésiterait pas à me balancer à nouveau un verre d'eau en pleine poire si je continuais à le chercher… S'il est vraiment triste, c'est peut-être à cause de sa chérie, non ? Elle a dû en avoir assez de Greg le super mollusque…

Éléonore a sûrement raison. Mon demi doit être en plein chagrin d'amour.

Quand je reviens dans ma chambre, Grégoire s'est endormi. Je lui enlève le casque des oreilles, et je le mets sur ma tête.

J'entends alors sa voix…

Sur une musique super douce, il slame un poème. Je ne sais pas qui a écrit les paroles et la musique, mais ce que j'écoute me paraît absolument génial ! Je reconnais bien la voix de Greg et sa façon un peu traînante de parler. Je fais une écoute rapide des morceaux enregistrés dans le fichier, ils sont tous chantés par mon demi.

Mon cœur se met à battre très fort. Notre *enquête interne* n'avait donc pas tout révélé.

À un moment, Grégoire se retourne sur son lit et je sursaute. Je pose l'iPod à toute vitesse.

J'observe mon demi qui dort. Ses joues sont rougies par les larmes.

Est-ce vraiment un chagrin d'amour qui l'a terrassé à ce point ? Est-ce lui qui a écrit les chansons que j'ai entendues ?

Grégoire a des secrets qu'il me faut absolument découvrir. Je prends le téléphone et, à voix basse, je raconte tout à Félix.

L'avantage avec les meilleurs copains, c'est qu'on peut changer d'avis en une heure, ils ne nous en veulent jamais.

Notre club qui vient d'être dissous se reforme aussi sec.

Espions de slams

– Ça roule ma poule ! J'ai tout enregistré... Va vite le remettre où tu l'as pris !

Ambre me tend le disque dur de mon demi-frère au-dessus du grillage. Le « Ça roule ma poule » me fait sursauter, mais je n'ai pas le temps de protester. Je dois absolument aller reposer le matériel de Grégoire sur son bureau. Je le lui ai piqué pendant qu'il regardait sa série préférée à la télé pour que ma voisine enregistre les slams que j'ai découverts.

Ça n'a pas été facile, je n'étais jamais seul dans ma chambre ! Quand il n'est pas au lycée, Greg passe le plus clair de son temps allongé sur son lit à écouter de la musique. Il ne nous adresse pratiquement plus la parole. Il est encore pire qu'avant…

Le lendemain de sa crise de larmes, j'ai essayé de parler avec lui. Je pensais que l'avoir vu pleurer nous rapprocherait un peu.

– Si tu as des gros soucis, tu sais que tu peux te confier à moi, lui ai-je dit lorsqu'il est rentré du lycée lundi.

– Tu veux devenir psy ? a ironisé Grégoire. Où faut-il que je m'allonge, docteur ?

J'ai haussé les épaules.

– Je veux juste... enfin... tu peux compter sur moi.

– Et moi, je veux juste que tu t'occupes de tes affaires et de ton nid, bébé cot cot.

– Mais si jamais...

– Will ! Je t'explique un truc, là. Mes affaires sont mes affaires. Tu piges ? Si tu veux aider quelqu'un, fais-toi appeler mère Teresa et monte une association !

J'ai tressailli et j'ai regardé mon demi. L'espace d'une seconde, j'ai cru qu'il avait découvert notre club. Mais il avait utilisé ce mot au hasard. D'ailleurs, il m'a tourné le dos pour me signifier que notre conversation s'arrêterait là.

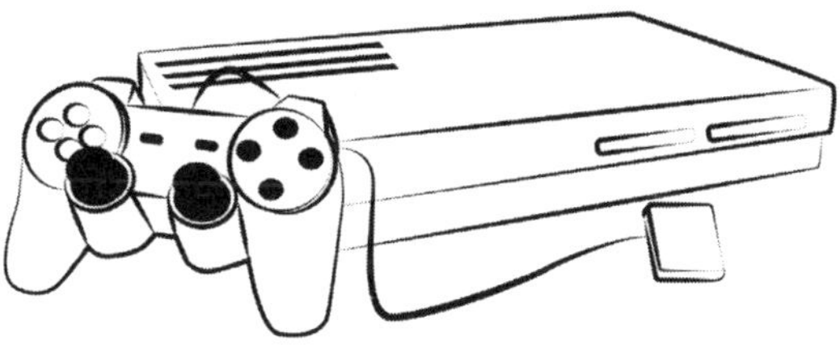

Depuis cet échange, mon demi ne me parle pratiquement plus. Je crois vraiment qu'il est trop triste. Sa jolie Fleur l'a vraiment laissé tomber. Ambre s'est empressée d'aller visiter les comptes Facebook des uns et des autres et elle m'a confirmé la nouvelle hier.

– Fleur Loutin a un nouveau statut sur son compte, elle est célibataire, m'a-t-elle expliqué. Tu piges ? Elle a largué Grégoire. Il devait la faire hierch !

Ambre m'énerve un peu. Elle prend de plus en plus des expressions ados pour se donner un genre.

– Tu peux t'attendre à des moments difficiles, a-t-elle continué en pointant du doigt un article du dictionnaire ouvert sur ses genoux. « Les ruptures amoureuses sont toujours douloureuses, surtout chez un adolescent qui découvre que l'amour peut faire mal, ce qui le rend encore plus vulnérable. Confrontés à une telle douleur, certains ados peuvent sombrer dans la dépression. »

Une sirène a retenti à nouveau dans ma tête. J'imaginais mon demi encore plus mou et plus triste au fur et à mesure des semaines...

C'est pour cette raison que j'ai décidé d'emprunter son disque dur. La piste des slams doit être explorée.

Après avoir remis le matériel à sa place, je m'empresse de rejoindre ma collaboratrice chez elle. Félix m'y attend.

Quand j'arrive, la voix de Grégoire a déjà envahi la chambre d'Ambre. Sa première chanson parle d'amour, il évoque une « Fleur qui lui a pris son cœur, une belle pensée sauvage qui n'est pas un mirage ».

Dans les suivantes, il parle de son « lycée-prison où la voix n'est même plus un moyen d'expression », de « sa mère, amère, qui l'a laissé en plein hiver » et de « son père, qui aurait dû être un repère et qui s'est perdu ». J'ai les larmes aux yeux quand j'entends la chanson qui parle de moi. « Un demi si petit, un demi qui pourrait être mon ami. » C'est ainsi qu'il me désigne et, quand la musique s'arrête, je reste sans voix.

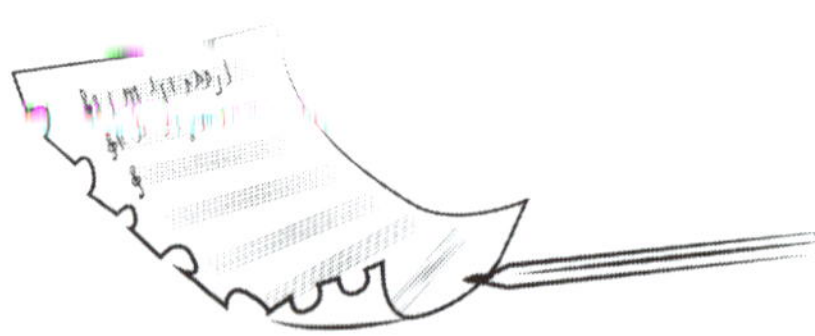

– C'est carrément génial ! s'écrie Ambre. J'adore !

– Waouh ! commente à son tour Félix. Franchement, si c'est ton frère qui écrit lui-même ses textes, c'est un vrai poète.

Je me sens très fier tout à coup. Comme je l'étais du Greg d'avant.

– Je ne comprends pas pourquoi il ne nous a jamais avoué qu'il chantait, dis-je la voix un peu tremblante. À la maison, on a tous l'impression qu'il ne s'intéresse à rien !

– Peut-être parce qu'il est timide, propose Félix. Parfois, on a des secrets qu'on n'arrive pas à avouer par peur qu'on se moque de nous.

Ambre le dévisage d'un drôle d'air.

– Ouais… commente-t-elle en grimaçant. Grégoire timide ? Tu en penses quoi Will ?

– Euh… Je crois qu'il est plus solitaire que timide.

– Moi, je pense plutôt que ton frère n'a pas parlé de ses slams parce que c'est son monde à lui, affirme Ambre du ton de spécialiste des ados qu'elle prend dès qu'elle se met à lire son dictionnaire. Il est bien écrit que « les adolescents se construisent dans le secret et en s'opposant aux adultes. C'est au travers de cette opposition qu'ils conquièrent leur autonomie. »

Comme Félix et moi on la regarde sans réagir, notre collaboratrice traduit :

– Ton demi n'a pas envie de vous laisser entrer dans son monde parce que c'est le sien justement ! Interdit aux visiteurs ! Exactement comme Chloé et le blog qu'elle a créé. Elle y passe sa vie et refuse de nous en parler. Mais moi, je n'ai pas attendu son autorisation pour aller voir. D'ailleurs, j'adore ce qu'elle a fait, il y a des tas d'infos passionnantes sur la beauté et la mode.

– Et si on postait les chansons de Grégoire sur YouTube ? propose Félix. Elles pourraient cartonner, et comme ça il sortirait de sa bulle !

– On ne poste rien du tout ! je m'écrie horrifié. Greg ne sait pas qu'on sait !

– Et alors ? C'est un super plan *Ado nouveau*, ça ! continue Ambre enthousiaste. Imagine… Chloé entend les chansons de Greg, elle tombe amoureuse de ce poète qui s'avère être son… voisin célibataire ! Donc, elle abandonne son chéri actu…

– Stop, stop, stop ! Je vous ai dit que pour l'instant, tout doit rester top secret !

– Mais et notre club alors ? Il va servir à quoi ? demande Félix.

– Il va servir à… appliquer ma *Grande Idée*, je rétorque. Elle concernera Grégoire et Chloé. Voilà !

Félix et Ambre me paraissent à nouveau très intéressés.

L'embêtant, c'est que je n'ai pas l'ombre d'une seule *Grande Idée*. J'ai juste dit ça pour que Félix et Ambre arrêtent d'imaginer des scénarios catastrophes. Je les quitte en gardant un air mystérieux pour leur faire croire que je suis sur une vraie piste.

En rentrant à la maison, je retrouve Grégoire toujours affalé devant la télé. Il n'a même pas changé de position en deux heures ! Ce soir, j'ai décidé d'explorer la corbeille à côté de son bureau. Elle est toujours pleine de papiers alors qu'il ne travaille jamais ou presque. Je suis sûr que je vais y trouver la preuve que c'est bien lui qui écrit les slams.

Je déplie à toute vitesse les feuilles froissées en boule et je reconnais très vite les brouillons des chansons que j'ai écoutées. J'identifie l'écriture penchée de Grégoire. Certains textes sont bourrés de ratures. D'autres semblent parfaits du premier coup.

Mon demi compose donc les slams qu'il chante…

Je viens de résoudre une partie du mystère, mais il me reste un certain nombre de points à éclaircir. Quand Grégoire écrit-il ses textes puisque je ne le vois jamais assis à son bureau ? Est-ce qu'il passe ses journées de cours à faire rimer des mots ? Et pourquoi se cache-t-il ? Est-ce qu'il en parle à ses amis ?

Quand mon demi rentre dans la chambre, ses brouillons ont regagné la corbeille.

Il s'affale sur son lit en soupirant et met son casque sur la tête.

Pour la première fois depuis longtemps, je ne pense pas « quel gros mou ! ».

Je le regarde du coin de l'œil et je me sens juste fier.

Félix a raison, pour écrire des textes pareils, il faut être un vrai poète !

La *Grande Idée*

Cette semaine a été plutôt calme à la maison. Pourtant, c'était une semaine à haut risque comme le dit le big chef. Il appelle ainsi les semaines Élégreg, celles où mes deux demis sont sous le même toit. C'est vrai qu'il n'y a eu aucune crise ! Pas de cris, pas de larmes non plus. Les repas étaient presque détendus. Évidemment, Grégoire faisait toujours la tête, mais on s'y habitue…

J'ai informé Éléonore de sa passion cachée.

– Mon quart écrit des textes poétiques ? s'est-elle écriée, hilare. Le nouveau Baudelaire est arrivé !

Je lui ai fait signe de se taire et je lui ai prêté mon iPod sur lequel Ambre a copié les slams de mon frère.

– C'est trop beau, a chuchoté Éléonore après écoute. C'est impossible que ce soit Grégoire qui les ait écrits ! Il a dû les copier quelque part…

– Je ne crois pas, ai-je répondu. J'ai trouvé des textes raturés dans la corbeille de son bureau et je t'assure que c'était son écriture. Il faut juste admettre que Grégoire est un vrai poète qui se cache dans le corps d'une pieuvre !

– Waouh ! a lancé Éléonore. J'ai une idée de nom de scène pour lui. Après Grand Corps Malade, voici Gros Mou Débile !

Elle s'est mise à rire comme une folle. Mais depuis, elle jette des coups d'œil en coin à Greg et elle a arrêté de crier à tout propos. Il faut avouer que l'état de mon demi ne donne pas envie de le secouer. Il affiche une mine de cadavre et ne parle pratiquement plus. À table, sa conversation se réduit à « oui, non, j'sais pas et grmpfff ». Maman s'inquiète aussi pour lui, je sais qu'elle a téléphoné à Delphine, la mère de Grégoire, afin d'avoir des conseils. Elles ont longtemps parlé ensemble.

Finalement, on s'agite tous un peu pour aider notre gros mou.

Moi, je suis en pleine réalisation de ma *Grande Idée*.

Elle est venue petit à petit. Et même si elle n'est pas si grande que ça, elle a le mérite d'être nouvelle et pleine d'espoir. J'ai réfléchi à ce que nous a expliqué Ambre à partir de l'article de son dictionnaire des ados. Grégoire et Chloé sont dans leur monde secret et ils ne communiquent plus avec leur famille. Je me suis dit qu'il fallait utiliser leur passion pour les rejoindre. On a donc décidé de se lancer sur deux pistes.

Afin de parler à nouveau avec Grégoire, je vais lui écrire un texte en slam. Je ne suis pas poète, mais avec l'aide de mes collaborateurs je compte bien le devenir. Je me dis qu'en écoutant mon slam, Grégoire comprendra à quel point je suis fier de lui. Nous arriverons peut-être à avoir une vraie discussion au cours de laquelle j'espère le convaincre de sortir de son monde et de faire écouter ses productions à la France entière !

Pour Chloé, c'est encore plus compliqué. Ambre veut créer son propre blog qu'elle essaiera de relier à celui de sa sœur puisqu'elle veut, elle aussi, parler de mode et de beauté pour les moins de dix ans. Une façon de lui dire « Coucou Chloé, regarde ce que j'ai fait ! ». Les deux sœurs se retrouveront peut-être autour de ce projet commun.

En tout cas, Ambre a l'intention de demander des conseils à son aînée dès que son blog sera créé.

Évidemment, la *Grande Idée* n'est pas simple à réaliser et elle nous demande beaucoup de temps. En ce moment, on expédie un peu nos devoirs le soir pour se réunir chez Félix après l'école. Là-bas, on a une paix royale et un ordi pour nous tout seuls. En plus, on bénéficie des connaissances du papa de Félix qui travaille chez lui le vendredi.

Créer un blog spécial filles l'amuse beaucoup et il s'est mis à feuilleter des magazines féminins afin d'en savoir plus sur la mode actuelle !

Du coup, Félix est devenu l'idole d'Ambre ou presque. Dernièrement, elle lui a même demandé si elle pouvait venir lui rendre visite en dehors des heures de réunion de notre club... Mon copain a accepté, évidemment, et il a affiché un sourire de douze mètres de large !

Notre première réunion slam n'a été qu'un vaste fou rire pour Félix et moi.

Je n'avais jamais écrit de poésies de ma vie et je trouve bien plus facile de les apprendre. Mon meilleur ami et moi on a eu beaucoup de mal à trouver des rimes et, quand on en avait, elles n'étaient pas forcément belles !

– Alors... Ton demi étant à la fois muet et mou, a suggéré Félix, on pourrait écrire « Grégoire, le muet mou, tu nous rends fous ! ».

Évidemment, cette proposition nous a fait rire, ce qui a énervé Ambre.

– Franchement ! Vous êtes loin d'être des poètes tous les deux ! a-t-elle protesté. Pourquoi pas « Grégoire, je t'attends, depuis plus d'un an » ? C'est mieux non ?

– On peut aussi écrire « Grégoire, si tu t'en vas, je mangerai tout le pot de Nutella ! », ai-je proposé.

Félix a tapé dans ma main avant de crier :

– « Grégoire, fais un effort, si je t'attrape je te mords ! »

J'ai éclaté de rire et Ambre nous trouvait de plus en plus lourds. Quand Félix m'a montré la feuille où il avait écrit : « Grégoire, lave-toi les dents, tu seras beau tout le temps ! Et si en plus tu laves tes pieds, alors ce sera total respect ! », je me suis écroulé sur la table en pleurant de rire. La première séance poésie a fini très vite parce que Ambre, excédée par nos bêtises, est rentrée chez elle.

Depuis, on a fait quelques progrès et mon slam a pris forme.

Par contre, pendant que mon travail avançait, le moral de mon demi n'a pas bougé d'un pouce. Sa jolie Fleur lui a planté un couteau dans le cœur. (Maintenant, je fais des rimes presque partout.)

Ce soir, papa a été convoqué par le professeur principal de Grégoire et il s'est rendu au lycée avec mon demi. En revenant, le big chef avait l'air très en colère. Visiblement, la discussion qu'ils ont eue dans la voiture a été houleuse.

– Lycée de m… a murmuré Grégoire en s'écroulant sur son lit. Je me casse dès que je peux !

– Mais… Tu iras où ? ai-je demandé.
– Grmpfff.
Il est ensuite retourné dans son monde et n'a rien ajouté.

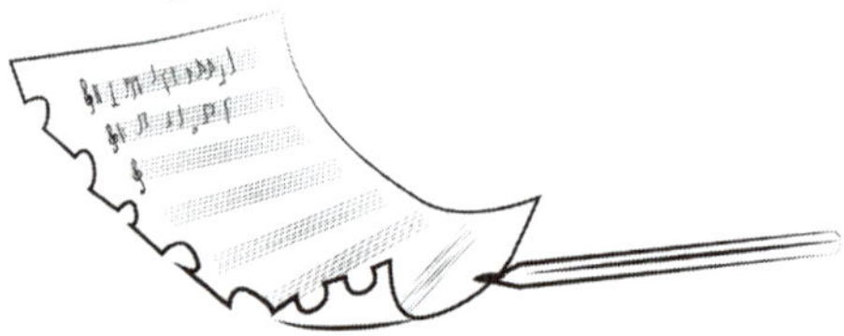

Grégoire me fait peur. Je me dis qu'il est vraiment capable de « se casser » un de ces jours.

Et ça m'inquiète beaucoup. Je préfère vivre avec un gros mou insupportable que pleurer sa disparition tous les jours. J'en ai les larmes aux yeux. J'essuie mes joues vite fait et j'essaie de me concentrer sur l'ultime correction de mon slam. Ambre a corrigé les fautes parce que je suis un peu nul en orthographe, mais je veux relire une dernière fois mon texte.

Au final, je suis assez content du résultat.

Grégoire, mon demi-frère, regarde un peu en arrière, retourne-toi un peu, s'il te plaît ouvre les yeux.

Tu es là sans exister, tu n'es plus à nos côtés, dans ton monde enfermé, tu avances sans y penser.

Tu as une famille, Grégoire ! Un big chef qui rentre tous les soirs. Un demi qui espère que tu le voies, Éléonore qui vit sous ton toit !

Greg je voudrais te comprendre, Greg il faut vraiment m'attendre, je vais grandir vite pour te retrouver, je serai ton frère, je veux te le prouver.

Greg mon demi-frère, tu es déjà parti. Fais une marche arrière, et reviens par ici.

Greg mon demi-frère, tu me manques vraiment, Greg mon demi-frère, rejoins-nous à présent !

Maintenant, il me reste à trouver une musique sur laquelle slamer!

Rien que d'y penser, j'ai le cœur qui s'emballe.

Pris sur le fait

La prochaine réunion du club aura lieu après l'exécution de la *Grande Idée*.

Ambre et moi, on se lance cette semaine ! Son blog sera mis en ligne mercredi. J'ai trouvé une musique super cool et je répète mon slam depuis hier. Je compte le réciter à Greg dès que je me sentirai prêt. Pour le moment, j'ai la méga trouille.

– En t'entraînant, tu y arriveras, j'en suis sûr, m'a rassuré Félix tout à l'heure.

– Avant de slamer devant Grégoire, tu viendras nous le lire, a ajouté Ambre.

J'ai l'intention de flâner dans la cour après avoir fini mes devoirs ce soir. Il n'est pas question que je chante dans ma chambre, c'est trop risqué ! J'ai encore du mal à prononcer certaines phrases avec du rythme. J'ai écouté des slameurs sur YouTube, ils ont un style compliqué à imiter. « Il faut insister sur certains mots pour faire passer des émotions », explique un jeune sur un blog. C'est justement le plus difficile !

– William !!! Viens ici tout de suiiiite !

Le cri de Grégoire a retenti dans toute la maison. J'en lâche le verre que j'étais en train de mettre au lave-vaisselle.

D'après le ton de sa voix, je comprends que mon demi ne m'attend pas pour me féliciter. Je le rejoins à petits pas dans le bureau de papa. Il est assis devant l'ordinateur et il tend un doigt accusateur vers moi :

– Qu'est-ce que tu as fichu ? hurle-t-il, hors de lui.

Je secoue la tête pour lui montrer que je ne comprends pas.

– Regarde ! Qu'est-ce que ça signifie ce message ? Comment cette fille peut savoir ce que PERSONNE ne sait ? Qu'est-ce que tu as fabriqué ?

Grégoire me secoue le bras à présent. Ça fait bien longtemps qu'il n'a pas prononcé d'aussi longues phrases.

J'ai le temps de lire le message écrit par Chloé sur le compte Facebook de mon frère :

« Je kiffe ce que tu écris. Bravo big slameur ! »

– Alors ? continue à crier Grégoire. Cette fille est la sœur de cette gamine avec qui tu passes tout ton temps, non ? Tu as fouillé dans mes affaires ? Tu lui as parlé de mes textes, c'est ça ?

J'essaie de trouver une réponse intelligente, mais ma tête reste désespérément vide. Greg me secoue de plus en plus fort, et c'est difficile de réfléchir ainsi !

– Je… J'en ai juste parlé…

– Tu as parlé de quoi ? continue Grégoire les yeux exorbités par la colère.

– J'ai écouté ton iPod le jour de ta rupture avec Fle…

– QUOI ? hurle à présent mon demi. Mais comment tu connais Fleur, espèce de petit fouineur ?

Je réalise un peu tard que je viens de faire une gaffe monumentale. Quand il se rend compte que je connais l'existence de sa chérie, mon demi explose. Il me secoue en me postillonnant au visage.

– Tu n'avais pas le droit ! me lance-t-il. C'est MA vie, elle ne te regarde pas ! Tu comprends ? MA VIE À MOI !

J'essaie de me dégager, mais Grégoire me serre le bras de plus en plus fort.

– Lâche-moi… dis-je faiblement.

C'est Éléonore qui me délivre. Elle rentre du collège et, alertée par les cris, elle se précipite sur Greg pour qu'il me lâche.

– Tu n'es même pas un demi, tu es moins qu'un dixième ! lance-t-il d'un air dégoûté.

Ensuite, il quitte le bureau en claquant rageusement la porte. Je mets au moins dix minutes à me calmer. Éléonore insiste pour appeler maman mais je refuse. Je lui explique brièvement la situation.

– Grégoire a compris que j'étais au courant pour ses slams. Il est fou de rage. C'est à cause de la voisine, je t'expliquerai. Ne dis rien, s'il te plaît Élé. Et si Greg te parle de quoi que ce soit, ne lui avoue pas que toi aussi tu connaissais ses textes.

– Ça ne risque pas! Je ne parle pas aux Néandertaliens! me rassure ma demi-sœur en me passant un gant mouillé sur le visage. Ne t'en fais pas Will…

Dès que je suis calmé, je cours vers la maison d'à côté. Ambre est dans sa chambre en train de travailler sur son blog. Je me précipite vers elle.

– Tu as tout raconté à ta sœur ! On avait promis qu'on ne parlerait de rien à personne. C'était le principe de notre club !

– J'allais te prévenir ! s'écrie-t-elle. J'ai juste prêté mon iPod à Chloé hier soir. Le sien était déchargé et elle avait envie d'écouter la musique dans son bain. Comme on s'entend plutôt bien depuis deux jours, j'ai voulu lui faire plaisir et elle a écouté les slams que j'avais enregistrés. Elle m'a demandé qui chantait. J'ai donné le nom de Grégoire…

– Tu n'avais qu'à inventer un nom ! Dire que tu avais trouvé les slams sur le Net et que tu ne savais pas qui en était l'auteur ! Tu n'avais pas le droit de parler de mon demi !

– Je ne l'ai pas fait exprès. Chloé avait l'air d'aimer tellement ces slams…

J'ai envie de secouer Ambre à mon tour. Je me sens en colère ! Pour être bien avec sa sœur, elle a gâché toute possibilité que je le sois avec mon frère. Ma vie va être encore pire.

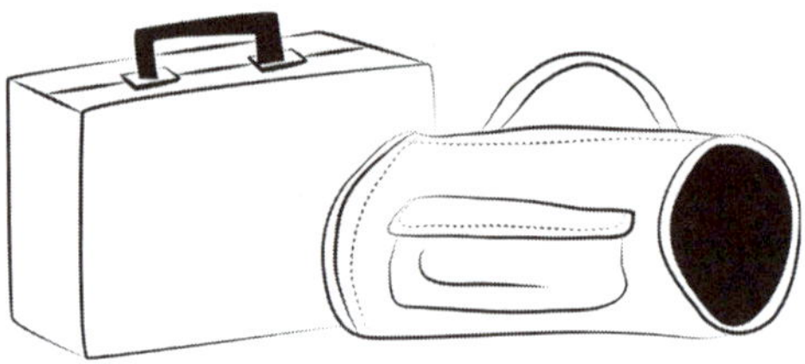

– Excuse-moi Will, ajoute Ambre d'une petite voix. Je t'assure que…

Je ne la laisse pas finir sa phrase. Je sors de sa chambre aussi vite que j'y suis entré.

Je romps toute collaboration avec cette fille qui ne mérite pas ma confiance !

D'ailleurs, je laisse tomber ma *Grande Idée*, l'association et tout ce qui va avec.

Greg et moi, c'est fichu.

Je regagne la maison la tête basse. Je monte dans la chambre d'Éléonore à qui je raconte les événements de ces quinze derniers jours.

Elle insiste pour lire le texte que je comptais slamer, mais je lui explique que je l'ai mis à la poubelle après ma dispute avec Grégoire parce que, désormais, c'est sûr, il ne voudra pas m'écouter.

Élé essaie de me changer les idées en me racontant des histoires de filles, mais je l'écoute à moitié. J'ai mal au cœur.

Je voudrais tellement remonter le temps et qu'il n'y ait jamais eu cette scène violente avec Grégoire. Pour la première fois, j'ai eu réellement peur de lui.

Lorsque le téléphone sonne, je sais avant de décrocher que c'est Félix qui m'appelle.

– Ambre m'a tout raconté, me dit-il d'une voix grave. Ça s'est super mal passé avec Grégoire ?

– Ouais.

– Tu n'as pas envie de me parler ? me demande mon copain. Tu… tu es aussi fâché contre moi ?

– Pas du tout. C'est juste que… Je n'ai plus envie d'en discuter maintenant. Je suis triste.

– Je te comprends, laisse passer un peu de temps et ensuite essaie d'expliquer à ton frère ta *Grande Idée*. Elle était chouette quand même !

– Tu sais Félix, parler à Grégoire, c'est comme parler à un mur.

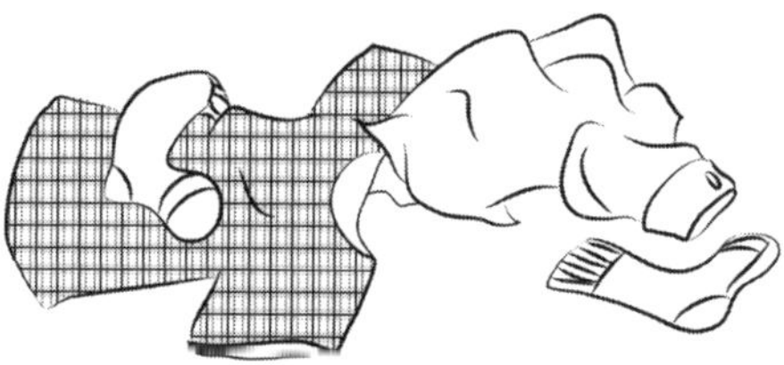

Ensuite je raccroche et je pleure sans bruit.

La vie est parfois injuste.

Surtout quand on échoue si près du but.

Mon double frère

Je rase les murs depuis une semaine. Maman s'en est rendu compte. Elle m'a demandé si j'avais des soucis parce qu'elle ne me trouvait pas très bavard. Je lui ai juste expliqué que j'étais fâché avec Ambre et que ça me contrariait.

– Je ne savais pas que tu étais si proche de notre petite voisine ! s'est-elle écriée. Tu m'avais dit qu'elle était un peu pot de colle.

– Les gens peuvent changer, ai-je affirmé très sérieusement.

Je ne veux pas lui parler de mon histoire avec Grégoire. Ça ne regarde personne d'autre que moi. Il ne m'adresse plus du tout la parole. Il y a un gros malaise quand on est en présence l'un de l'autre. L'ambiance était nulle, mais là, elle est devenue nullissime !

À l'école, je suis glacial avec ma voisine. Je lui réponds à peine. Je lui en veux vraiment pour son indiscrétion. Félix a essayé de la défendre.

– Elle ne l'a pas fait exprès, elle a juste prêté son iPod à sa sœur. Tu pourrais au moins reconnaître que ce n'était pas volontaire !

– Et toi, tu pourrais reconnaître que dans une association, on respecte les règles ! On avait dit que ce qu'on découvrait sur nos frère et sœur restait top secret.

Ensuite, je me suis éloigné pour bien montrer que la discussion était finie. Ambre m'a fait passer un mot ce matin avant la récré. Je ne l'ai pas ouvert. Je l'ai fourré au fond de ma poche et j'ai haussé les épaules.

Je goûte tout seul aujourd'hui. Élé est chez son père et Grégoire n'est pas rentré. Comme j'entends la porte d'entrée claquer, je me dépêche de finir ma tartine de Nutella. J'en ai mis une couche plus épaisse que ma main, et je sais que maman déteste que je me gave ainsi.

– T'es là toi ?

En entendant la voix de Grégoire, je sursaute. Je croyais que c'était ma mère qui rentrait. Il jette son sac dans un coin de la cuisine et s'écrie :

– J'ai la dalle ! T'as intérêt à ce qu'il reste du Nutella, bébé cot cot !

Je ne dis toujours pas un mot. Greg ne me parle plus depuis dix jours, alors, deux phrases d'un coup, même avec bébé cot cot dedans, ça décoiffe !

– T'as perdu ta langue ou t'as fait vœu de silence ? continue mon demi en attrapant le pot de nutella.

– Euh... Non... Mais comme on...

– OK. Cool !

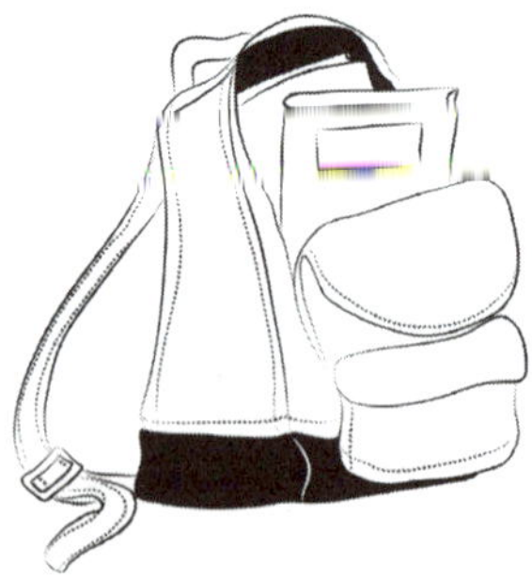

Je bats en retraite prudemment. Grégoire a l'air d'une humeur extraordinairement joyeuse. J'ai cru le voir sourire ! Je décide de fêter ça avec mon ballon préféré et je sors faire des dribbles et des paniers dans la cour devant chez moi. Il me semble apercevoir la silhouette d'Ambre derrière sa fenêtre, mais elle ne me rejoint pas. Tant mieux. Elle a fini par comprendre.

– Tu me fais une passe ?

Je sursaute quand Greg apparaît dans la cour. Il a un méga sandwich à la main, mais il arrive à s'emparer du ballon que je lui tends. Après quelques dribbles, il saute pour marquer un magnifique panier. Je récupère le ballon et reproduis ses gestes pour placer moi aussi le ballon à l'intérieur du filet. Grégoire siffle.

– Pas mal… T'as progressé on dirait, me lance-t-il.

Je fixe mon demi qui mord avec enthousiasme dans son goûter. Il me parle comme s'il ne s'était rien passé et j'avoue avoir du mal à comprendre. Mais je n'ose rien dire de peur de réveiller à nouveau sa colère.

– Au fait, je sais tout Will. Tout ce que tu as fabriqué depuis un bon moment ! s'écrie soudain Grégoire après avoir fini son sandwich.

– Mais tu sais quoi ? je questionne alors que je sens la trouille revenir.

– Votre associé… Les enquêtes *coup de pied* et les *actions internes*… Tout quoi !

– Euh… Tu as un peu mélangé les choses. Ce sont les actions *coup de poing* et…

– Arrête de pinailler, bébé cot cot ! Le principal, c'est que je sache exactement ce que tu as trafiqué. Parce qu'avec ton club vous avez sacrément abusé !

Grégoire me regarde et je baisse les yeux. Ambre a dû tout raconter. Je suis sûr que c'est elle. Je hais cette fille ! Je rentre précipitamment dans ma chambre et je me jette sur mon lit. Un papier tombe à mes pieds et je reconnais le mot de ma stupide voisine que je déplie rageusement.

Will, avec Chloé, ça va beaucoup mieux. Ton idée de blog était géniale et on se parle de plus en plus grâce à toi, ma sœur et moi. Du coup, je lui ai tout avoué pour

notre association et elle a eu les larmes aux yeux. Je lui ai parlé de ton problème avec Grégoire et elle va essayer d'arranger ça. Elle ira le voir aujourd'hui au lycée pour discuter avec lui. Elle adore vraiment ce que fait ton frère et elle en parle à tout le monde. Je voudrais que tu arrêtes de me faire la tête parce que…

Je ne lis pas la suite.

Greg rentre dans ma chambre et referme la porte.

Je sais que ça va être ma fête.

– Alors tête d'œuf ? Tu dis quoi pour ta défense ? me demande-t-il en s'asseyant sur son lit, en face de moi. Tu fondes un club et tu m'espionnes pour me rendre meilleur ? C'est bien ça ?

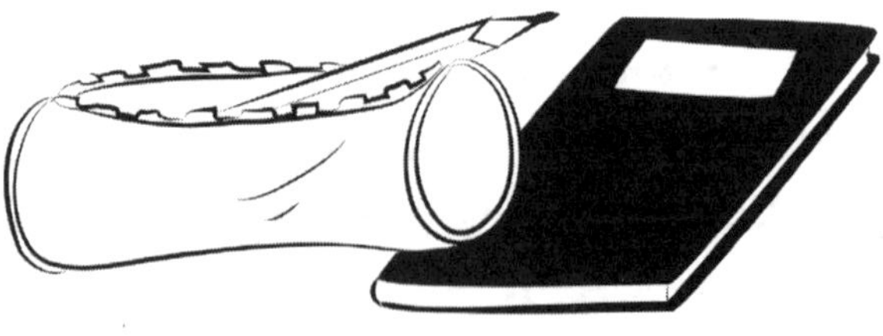

Je garde la tête baissée parce que je me sens trop mal pour regarder mon demi. Comme je prends un oreiller sur la tête, je m'écrie :

– J'ai rien fait de mal à part écouter ton iPod.

– Et espionner mon portable et mon compte Facebook.

– Mais tu ne peux pas comprendre. On voulait vous transformer Chloé et toi pour que vous soyez…

– Je sais ! Je t'ai dit qu'on m'a tout expliqué, déclare Grégoire en se levant.

Il s'approche de mon lit et je sens que mon ventre se noue. Je recule d'instinct contre ma tête de lit.

– Eh oh, détends-toi Will ! lance-t-il. Je ne vais pas te frapper ! Je me suis énervé l'autre jour quand j'ai compris que tu avais mis la main sur mes slams, mais j'ai eu le temps de me calmer depuis.

Grégoire se cale à côté de moi sur mon lit.

– Je ne suis pas du genre à frapper les bébés cot cot, ajoute-t-il en m'ébouriffant les cheveux. Surtout quand ils sont de ma famille !

Je n'ose plus bouger de peur de rompre cet instant magique. Mon demi est en train de me parler normalement et il n'est pas en colère. Je chuchote :

– Tu ne m'en veux pas alors ?

– Plus. Je ne t'en veux plus. Chloé m'a expliqué un certain nombre de choses. Et... Bon, j'avoue que c'est pas très facile de vivre avec moi en ce moment, donc... Disons que je comprends ! Il y a même des trucs qui m'ont fait rire. Les cocktails flash boum le matin pour me donner de l'énergie, c'était plutôt génial !

– Et... Pour les slams ? dis-je dans un souffle.

– Alors là... C'est autre chose...

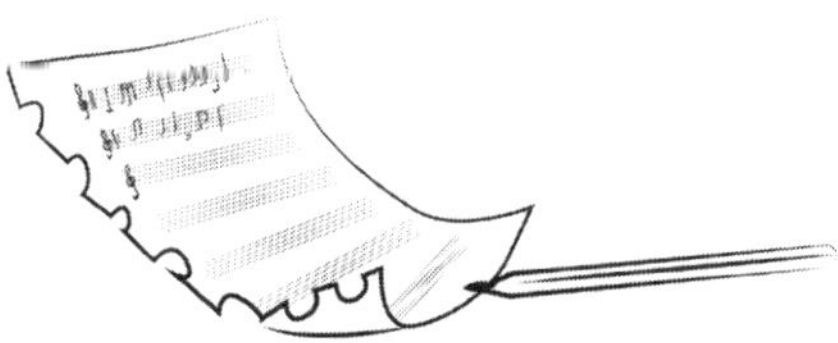

Greg se lève à nouveau et commence à faire les cent pas entre nos deux lits.

– Il m'arrive un truc de ouf à cause de toi. J'ai eu des dizaines et des dizaines de messages sur mon compte Facebook !

Sans compter ceux que j'ai reçus sur mon portable. Chloé a parlé de mes textes et comme elle a des tas d'amis sur Facebook, tout le monde a voulu connaître les paroles de big slameur, c'est comme ça qu'elle m'appelle !

Je ne bouge toujours pas. J'ai le cœur qui bat à toute vitesse.

– J'ai fini par poster quelques textes sur mon compte et une vidéo sur YouTube qu'on a réalisée avec des potes. Un truc de ouf, Will ! Depuis hier, elle a été visionnée 1 023 fois ! Je croule sous les messages !

– Tu as posté quelle chanson ? je demande en retenant mon souffle.

– Celle où je parle de Fleur. Et… elle m'a écrit elle aussi !

– Pour te dire quoi ?

– Secret défense, bébé cot cot ! rugit mon demi. Je ne vais pas non plus te raconter ma vie !

Il attrape son oreiller et fait mine de me le jeter dessus.

– Donc… continue-t-il, tout le monde a trouvé mes textes géniaux, alors j'ai pensé que j'avais peut-être tort de les cacher. Tout ça pour t'expliquer que je suis allé sur un site officiel de slameurs et que je me suis inscrit sous le pseudo de big slameur. J'ai envoyé la plupart de mes slams. Ils sont en ligne ! C'est drôle de se dire que n'importe qui peut les lire ! Mais bon… Pas un mot au big chef hein ? Pour l'instant, je veux que ça reste entre toi, mes potes et moi !

Je hoche la tête le plus gravement possible. Si mon demi me prend pour confident, jamais je ne le trahirai.

– Bon… On a fait le point, non ? Je peux retourner à l'état de gros mollusque ? me demande soudain Grégoire.

Il s'affale alors sur son lit et se met son casque d'iPod sur la tête comme chaque soir. Je m'approche de lui et éteins sa musique.

– On n'a pas tout à fait fini, je murmure.

Je me dirige vers mon bureau et je saisis la feuille déchirée qu'Éléonore a réparée. Elle est allée fouiller dans ma poubelle l'autre soir pour récupérer mon slam et le reconstituer.

– Je ne me suis pas contenté de t'espionner, Grégoire, dis-je tout doucement. Je t'ai aussi écrit un slam. Je voulais parler dans la même langue que toi.

Mon demi ouvre de grands yeux.

– Depuis quand tu te prends pour big slameur ? ironise-t-il en enlevant ses écouteurs. Allez, au taf mon pote, je t'écoute !

En tremblant un peu, je me lance.

Je sais que ma voix déraille, mais les mots que je lance, eux, sont sur des rails.

Ceux qui me mènent droit vers Grégoire, mon double frère ce soir…

Ciao Grégoire, hello Élé !

Grégoire a soufflé ses dix-sept bougies d'un seul coup. On a tous entonné *Joyeux anniversaire* mais comme papa chantait vraiment trop faux, on a fini par se boucher les oreilles.

– C'est quoi ton vœu ? je demande à mon demi pendant que maman coupe le gâteau.

– C'est un secret ! Chut ! me souffle-t-il en attaquant férocement sa part de fraisier.

Comme je sais parfaitement ce qu'il espère, je n'insiste pas... Greg veut retourner vivre chez sa mère à la rentrée prochaine. Papa et lui en ont longuement discuté. Maman m'a expliqué que Delphine souhaite aussi retrouver son mode de garde d'avant car, malgré leurs disputes, son fils lui a beaucoup manqué. Et puis surtout, elle se rend compte qu'il a vraiment changé.

D'ailleurs, tout le monde est d'accord sur ce point : Grégoire n'est plus comme avant. J'ai même arrêté de le surnommer la grosse pieuvre ! Il est légèrement plus énergique qu'il y a six mois. Il est bien obligé, il est de plus en plus occupé. Entre le lycée, sa Fleur chérie qui lui est revenue et ses textes à écrire, il n'a plus le temps de faire le mollusque.

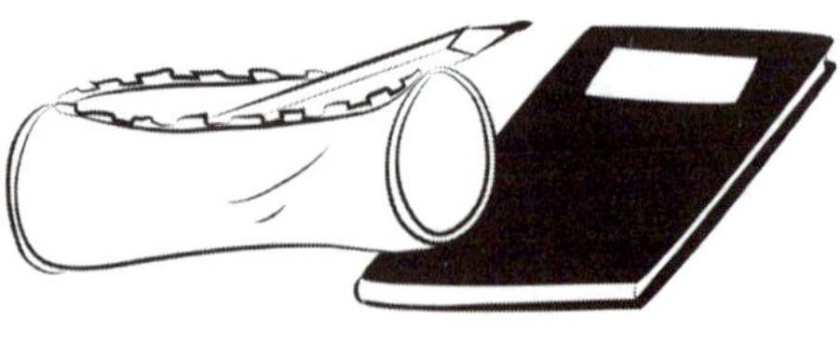

Mon demi a fini par avouer au reste de la famille sa passion secrète. Un jour, à table, entre le fromage et le dessert, il a lâché :

– Euh… J'écris des textes. Enfin… Un de mes slams a été sélectionné pour un concours. J'ai… besoin d'une autorisation parce que je suis mineur.

De surprise, papa en a lâché sa fourchette.

– Tu écris des quoi ? a-t-il demandé.

– Des slams ! a expliqué Grégoire très patiemment. Une sorte de poésie dans laquelle tu jongles avec les mots.

Maman a chuchoté :

– Mais… des poésies avec des mots qui riment ?

– Ben ouais.

– Et… tu pourrais nous en lire une ? a continué maman.

– Euh… Ben je vais chercher le slam du concours.

Papa avait un air ahuri. Moi, je n'arrêtais pas de sourire parce que je savais déjà tout. Greg s'est levé et il est revenu avec une feuille. Sa main tremblait tellement qu'il a dû la caler contre la table. Il a toussé, nous a regardés et il a slamé, droit comme un i :

Je suis né blanc de peau, mon prénom sonne français

Pas la même chose pour Paco, qu'on appelle le bronzé

Ou pour Momo l'Africain, plus noir que café au lait

Et pour Tao le Vietnamien, un peu jaune grain de blé

Vous regardez trop la couleur, celle qui nous détermine

Le foncé vous fait peur, vous préférez les grises mines
Celles de chez nous, qui ont du noble sang
Qui savent parler comme vous, qui n'ont rien de différent
Je vois bien dans vos yeux que l'autre doit se tenir loin
S'il approche trop, vous fermez les poings
Vos préjugés doivent tomber, il y a une seule valeur
Laissez-moi vous expliquer, unique est notre couleur
Celle qu'on a tous dans le cœur, qui n'est ni blanche ni noire
Plus qu'une lumière, une lueur, une couleur pleine d'espoir
Celui de rendre les hommes meilleurs, de les voir enfin s'accepter
Celui d'envoyer la haine ailleurs, là où elle ne reviendra jamais
Je kiffe Paco, Momo, Tao et tous mes frères
Je kiffe la vie, et l'amour sans frontières.

Quand Grégoire s'est arrêté, il n'y a plus eu un bruit. On entendait juste maman renifler.

– C'est mieux avec de la musique... Vous aimez ? a demandé Grégoire doucement.

Maman a secoué la tête très fort en se mouchant dans un morceau de sopalin. Papa s'est carrément levé et il a serré Grégoire dans ses bras en silence.

Après cette séquence émotion à la maison, les choses ont commencé à changer, petit à petit. Mon demi a arrêté de vivre retranché dans sa bulle, et nous, on a arrêté de le voir comme un poids lourd.

Papa lui a demandé de remonter sa moyenne générale et il a rempli son contrat. Du coup, le big chef a accepté de l'amener à des rencontres de slameurs. On appelle ça des batailles, mais ce sont avec des mots que les participants se battent.

L'ambiance à la maison s'est détendue. Je ne dis pas qu'il n'y a plus de crises, ce serait faux. Avec Éléonore, ça pète régulièrement ! Mais après les tempêtes, il y a de beaux moments de calme.

Chez Ambre aussi, les choses se sont arrangées. Les deux sœurs se parlent sans hurlements il paraît. Si Chloé passe beaucoup de temps à s'occuper de son blog, elle n'oublie pas d'aider sa sœur qui commence à avoir son petit succès dans notre école avec le sien.

Félix y a ajouté une rubrique « spécial garçons ». Il donne des recettes de cocktails flash boum et un tas d'idées pour être moins timide avec les filles ! Ambre et lui sont fiancés officiellement. Mon copain a mis du temps, mais il a fini par faire comprendre à Ambre qu'il était amoureux d'elle. Du coup, elle passe sa vie chez lui et elle ne m'espionne plus quand je joue au basket. Je leur ai parlé du futur départ de mon demi.

– Je me sens un peu triste de savoir qu'il s'en va, leur ai-je expliqué. On se verra beaucoup moins et il me manquera. Pourtant, j'en ai rêvé de son départ !

– Pense que ta chambre sera à nouveau bien rangée, m'a rétorqué Félix en rigolant.

– Et puis tu n'auras pas le temps de vraiment t'ennuyer, a ajouté Ambre.

– Pourquoi tu dis ça ? ai-je demandé.

– Ta demi-sœur… Elle va avoir quatorze ans très bientôt, non ? C'est exactement à cet âge-là que Chloé est devenue insupportable. Tu sais, les filles font leur crise d'ado beaucoup plus tôt que les garçons.

J'ai haussé les épaules. C'est bon ! Tous les ados ne sont pas invivables non plus.

Et puis ce soir-là, Éléonore m'a claqué la porte au nez parce que je l'avais dérangée en pleine conversation téléphonique. Le lendemain, elle m'a empêché de voir la fin d'une émission à la télé parce qu'il était hors de question qu'elle rate sa série préférée. Je me suis réfugié dans ma chambre où je me suis plaint auprès de Grégoire.

– Tu n'as qu'à reformer ton assoce ! m'a-t-il suggéré. Moi, je suis un peu sorti d'affaire, mais Elé démarre à peine sa crise d'ado. Et là, t'en prends pour deux ans minimum, Will !

Horrifié, j'ai réalisé qu'Ambre avait raison.

Alors on vient de monter un nouveau club, mes collaborateurs et moi. Il s'appelle « Les ados, on en a plein le dos ». Plus de solutions miracles, uniquement des réunions pour critiquer et se révolter contre les mauvais traitements que nous font subir nos aînés.

On est quatre maintenant. J'ai invité la nouvelle de la classe. Elle a deux frères de treize et quinze ans.

Mais surtout, elle est super jolie. Et en plus, elle s'appelle Clémence !

Grégoire est en train de m'écrire un poème pour elle. Je ne suis pas sûr d'avoir le courage de le lui lire, mais je pourrai toujours le glisser dans sa boîte aux lettres.

Mon demi s'est marré quand il a compris que j'étais amoureux.

– Bébé cot cot qui drague les filles, incroyable !

– Arrête de m'appeler comme ça, ai-je répété pour la centième fois. Tu sais bien que je déteste ce surnom !

– OK le nain de jardin, c'est promis juré ! a répondu Grégoire en m'envoyant son oreiller sur la tête. Allez tête d'œuf, fais-moi un sourire ! Gouzi gouzi bébé cot cot !

J'ai râlé pour la forme.

Ensuite, une idée m'a traversé l'esprit.

Dans quelques années, ce sera moi l'ado ! Et vu les parcours de mes aînés, je me prépare une belle petite crise !

J'ai ri tout seul pendant un bon moment et Grégoire a levé les yeux au ciel.

Chacun son tour!

TABLE DES MATIÈRES

L'AUTEUR

Sophie Rigal-Goulard a deux vies.
La moitié de la semaine, elle est au tableau noir devant ses élèves.
Dans l'autre moitié, elle écrit des histoires qui parlent d'école parfois mais aussi des enfants, de leurs amitiés, de leur famille... C'est un moyen pour elle de voyager sans quitter vraiment son bureau. Son secret ? En inventant des personnages, elle vit vraiment leurs aventures ! Ce qui lui permet aussi, le temps d'un livre, de rajeunir en devenant une fillette... un jeune garçon... ou même un ado scotché à son écran ou à ses écouteurs !
Sophie Rigal-Goulard vit dans un village perché en haut d'une colline, près d'Aix-en-Provence.
Vous pouvez la retrouver sur son site : sophie-rigal-goulard.fr

L'ILLUSTRATRICE

Très tôt, **Hélène Canac** a su qu'elle ferait un métier artistique. Ayant commencé ses études en publicité et graphisme, elle les termine en obtenant le diplôme de réalisateur numérique à Supinfocom. Elle travaille ensuite dans le cinéma d'animation et notamment sur des séries animées jeunesse.

En parallèle, elle se lance dans l'illustration et la bande dessinée pour l'édition jeunesse, collabore avec de nombreux éditeurs pour des boîtes de jeux et de loisirs créatifs, illustre des romans pour adolescents, des albums de coloriages et des cahiers de vacances.

Retrouvez la collection
Rageot Romans
sur le site www.rageot.fr

PAPIER À BASE DE FIBRES CERTIFIÉES

RAGEOT s'engage pour l'environnement en réduisant l'empreinte carbone de ses livres
Celle de cet exemplaire est de :
550 g éq. CO_2
Rendez-vous sur www.rageot-durable.fr

Achevé d'imprimer en France en octobre 2015
sur les presses de Jouve
Couverture imprimée par Boutaux (28)
Dépôt légal : septembre 2013
N° d'édition : 6463 - 04
N° d'impression : 2247966K